Friedrich Gustav Schilling

Der Weihnachtsabend

Eine Novelle

Friedrich Gustav Schilling: Der Weihnachtsabend. Eine Novelle

Erstdruck: Dresden, Arnoldische Buch- und Kunsthandlung, 1805. Hier nach der Ausgabe von 1817, Anton Pichler, Wien.

Neuausgabe
Herausgegeben von Karl-Maria Guth
Berlin 2019

Der Text dieser Ausgabe wurde behutsam an die neue deutsche Rechtschreibung angepasst.

Umschlaggestaltung von Thomas Schultz-Overhage unter Verwendung des Bildes: William Hogarth, Davor, 1731

Gesetzt aus der Minion Pro, 11 pt

Die Sammlung Hofenberg erscheint im
Verlag der Contumax GmbH & Co. KG, Berlin
Herstellung: BoD – Books on Demand, Norderstedt

ISBN 978-3-7437-3284-1

Bibliografische Information der Deutschen Nationalbibliothek

Die Deutsche Nationalbibliothek verzeichnet diese Publikation in der Deutschen Nationalbibliografie; detaillierte bibliografische Daten sind im Internet über www.dnb.de abrufbar.

1.

Der Nordwind blies, der Schnee fiel in großen Flocken, die Regenschirme zärtlicher Eltern und Liebhaber bedeckten den Christmarkt. »Lasst mich ein Kind sein!«, sprach Woldemar und zog seinen Freund in das sehenswerte Gedränge. Hier feilschten Mädchen eine Wiege, dort stand der grämliche Küster unter einer Glorie von Hanswürsten, der General vor dem Stalle zu Bethlehem, der Staatsrat unter Steckenpferden. Eine Reihe neugebackener, reich versilberter Potentaten lockte die täuschbaren Kinder an.

»Hierher, meine gnädigen Herrn!«, rief des Hofkonditors süße Rosine. »Sehen Sie nur die schöne Bescherung. Rousseaus Grab, Harlekins Hochzeit, Mariä Verkündigung und diese niedliche Papagena.« Die Freunde traten näher, besahen das Grab, die Hochzeit, das Mädchen selbst. Lachend verglich sie Julius der Vogelfängerin, Woldemar aber errötete, denn nur ein Säugling bedeckte Papagenas gesegnete Brust; die Verlegenheit macht' ihn zum Käufer und Rosine öffnete dankbar ihr Döschen, um ihn mit echten Diabolinis zu bewirten. Der Adjutant störte die Gäste. »Wenn es dir«, sprach er zu Woldemar, »anders noch Ernst damit ist, in das neue Freikorps zu treten, so eile, dich dem General vorzustellen. Er steht im Begriff, zu der Armee abzugehn.«

»Wisse Freund«, erwiderte dieser, »dass mein Schicksal in den Händen einer unschlüssigen Fee liegt, die mich bald anzieht, bald entfernt, mir heute rät in den Krieg zu ziehen, mich morgen dann nicht lassen will. – Doch soll es sich noch heut entscheiden.« Damit steckt' er die wächserne Papagena ein und verschwand unter dem Haufen.

2.

Herr Wahl, der Oheim und Vormund dieser Schicksalsgöttin saß indes daheim vor dem Hauptbuch, freute sich der eben gezogenen Bilanz, hieß den Seidenhändler Merker viel freundlicher als sonst willkommen und sprach sofort vom Kurs, von Geschäften, vom plötzlichen Fall eines bedeutenden Hauses. Herr Merker schnippte den Staub von seinem

Ärmel, zog den Stockknopf vom Munde, räusperte sich und rief: »Was fällt, das fällt! Wir, denk' ich, bleiben stehen.«

»So Gott will!«, brummte der Alte und faltete in stiller Andacht seine Hände.

»Ich stehe gut.«

»Ist mir bekannt.«

»Doch immer noch auf Freiers Füßen. Geduldig zwar, doch auch zuweilen mit Ungeduld. Wenn Ihre Jungfer Nichte sich endlich nun entschließen wollte – oder bereits entschlossen hätte – wie?«

»Dann«, fiel der Oheim ein, »wäre uns beiden geholfen, denn das Mädchen ist meine einzige Sorge. Ich sollte mich ärgern, aber das hilft nichts –«

»Ein Machtwort sprechen, Herr Kollege, ein Machtwort –«

»Da sei Gott für! Der gab ihr ja, wie uns, den freien Willen.«

»So? – Ja, und vier Liebhaber zu meiner Plage.«

»Bedeuten nichts! Den einen hasst, den andern verachtet sie, der Dritte ward ihr verdächtig, der Vierte endlich ist ein armer Teufel. Ohne Mittel, ohne Titel, ein Herr ›von‹ – ›von nichts‹ sag' ich Ihnen.«

»Das sind die Schlimmsten.«

»Ein redliches Gemüt übrigens –«

»Heuchelschein! Dem sollten Sie das Haus verbieten!«

»Ei bewahre! Herminchen sieht ihn nicht ungern, und wer ihr zusagt, den nehme sie. Die Bräute sind wie Lämmer zu betrachten, die zur Schlachtbank geführt werden; wie arme Sünderinnen, denen denn, nach hergebrachter, christlicher Sitte, jedes billige Verlangen allerdings zu gewähren ist. Um ihrer selbst willen nimmt sie ja doch keiner. Den einen kirrt der Mutterwitz, den andern ein Grübchen, den Dritten nichts Besseres: Sie und Ihresgleichen – solide Leute mein' ich – die Mitgift. Und was wird ihr denn für dies und für jenes? Evens Erbteil! Die herbe Knechtschaft, Schmerz und Jammer. Wir gehen indes ein bisschen da-, ein bisschen dorthin und gehaben uns wohl.«

Hermine hüpfte jetzt herein, an dem Freier vorüber zum Onkel hin, welcher nach einem leisen, scherzhaften Wortwechsel das Zimmer verließ. Sie wollt' ihm folgen, als Herr Merker unter steifen Verbeugungen ihren Arm ergriff und Anstalt zu einem Handkuss machte. Das Mädchen zog den Arm zurück, er folgte ihr mit gespitztem Munde, bald tief hinab, bald in die Höhe nach und immer lauter lachte sie, und immer schneller flog die Hand bald rechts, bald links um seinen Scheitel. Der Geneckte ließ jetzt ab; doch stampfte er ein wenig mit dem Fuße. Hermine zog einen niedlichen Pantalon aus dem Ridikül, bedeckte ihn mit Küssen, nannt ihn mit süßen Namen, ließ das Männchen aus ihrer Hand in die seine hüpfen und sprach: »Den bescherte mir der Heilige Christ.«

Herr Merker sah in dem Sprunge des Püppchens ein Merkzeichen ihrer Gunst. »Da hab ich mich besser angegriffen!«, rief er, an seine Tasche schlagend.

»Wahrhaftig? O ich Glückliche. Und das konnten Sie über sich gewinnen?«

»Was sein muss, muss sein!«, sprach er mit Achselzucken.

»Nun, so bescheren Sie denn! Wir werden ja sehen. Die Gabe schildert den Geber, sie ist das Probemaß seines Geschmacks und seiner Empfindungsweise.«

»Fürs Erste«, hob er an, »etwas Samt zu einer Besetzung, und der ist *extra*, Teuerste! Dann diesen Ring; ein Erbstück von der seligen Großmutter. Solche Kleinodien machen sich rar. Endlich und zuletzt einen sogenannten Koselschen Gulden den ich in Ihrer Münzsammlung vermisste. – Wenig mit Liebe. Nehmen Sie! Ohne Widerrede!«

Das Mädchen ließ den Samt auf die Tafel, den Ring in seinen Hut, und das seltene Kabinettstück zu Boden fallen, drehte sich unter einem hellen Gelächter um ihre Achse und verschwand.

Herr Merker wusste nicht wie ihm geschah. »Ein sauberes Lamm!«, sprach er endlich. »Ei, wenn du doch heute noch auf die Schlachtbank geführt würdest!«

3.

Ein Anbeter folgte heute den andern, doch Hermine ließ sich verleugnen, sandte ihre Kainsopfer zurück und sah vergebens bis zum Abend dem einzigen Willkommenen entgegen. Woldemar ließ sich nicht blicken. Sie zögerte mit dem Nachtessen, sie eilte von Minute zu Minute ans Fenster, und als der Onkel endlich zu Bette ging, voll Missmut in ihr Schlafgemach. »Der Undankbare!«, schalt das Mädchen und warf den Überrock ab. »Der Bestandlose!«, fuhr sie fort, und löste mit Ungestüm die Schleifen. »Der Verblendete!«, setzte sie seufzend hinzu und nahm jetzt befremdet eine wächserne Papagena wahr. Lächelnd saß das Püppchen unter dem Spiegel; es lag ein Notenblatt zu seinen Füßen. »Er ist dir nah!«, sprach der Text.

> Er ist dir nah, er lauscht am Freudenquelle.
> Des Kühnen Mut, der Sehnsucht heiße Welle,
> Der Liebe Schmerz dräng ihn zur stillen Zelle
> Ins Heiligtum der Zauberin.

Hermine ließ das wahrsagende Blatt fallen und warf bestürzt ihre leuchtenden Augen umher, da rauschte der Vorhang des Alkovens und Woldemar trat, einem Genius gleich, aus dem Dunkel. Sie wollt' ihrem Mädchen rufen, wollte zürnen, wollte fliehen und floh – in seinen Arm. »Tollkühner!«, stammelte sie unter den Küssen des Jünglings. Er zog die Liebliche ans Herz, ihre Tränen bedeckten ihn; sie verbarg das glühende Gesicht an seiner Brust.

»Mein also?«, rief er aus. »O himmlische Weihnacht!«

4.

Früher als zu fürchten stand, ging Merkers letzter Segen in Erfüllung. Woldemar kehrte spät genug von dem Freudenquelle zurück; seine Wangen brannten, sein Herz bebte; er sah begeistert zu den verblichenen Sternen auf, im Morgenrot die Farbe der Braut, im Wolkenflug den Tanz der schönsten Horen: Entzückende, bedeutungsvolle Träume reihten sich an die selige Wirklichkeit und auch diese erschien ihm, als er am hohen Mittag erwachte, nur wie ein Trugbild des Phantasus, denn die feurige Welle, deren das Notenblatt gedachte, trug ihn weit über die Grenze seines Willens und seiner Erwartung hinaus.

Gestern erst hatte der Verschlossene, von dem Adjutanten gedrängt, einige Worte über das Geheimnis seines Herzens verloren. Jetzt war der Wurf gelungen, jetzt sollte Julius sich mit ihm freun, jetzt sollte der Wildfang in Herminens Nähe geführt, von ihrer Anmut gewonnen, von ihrem Wert ergriffen, erleuchtet von dem Himmelsglanz dieser Seele, zu dem längst verscherzten Glauben an die sittliche Güte des bessern Geschlechtes zurückkehren. Lästige Besuche hielten ihn fest, es war schon Abend, als Woldemar in des Freundes Behausung kam. Zwar fand er sie verschlossen, aber er hatte Licht gesehn, schlich, vertraut mit den Zugängen durch eine Hintertür und trat, überraschend genug, ins Kabinett. Julius sprang aus dem Arm eines Mädchens empor, das sich laut schreiend aufraffte und durch die offene Tür entfloh. Woldemar stürzte ihr nach. »Hermine!«, rief er, aber sie war unter dem Schutze der Nacht verschwunden. Er stand erstarrt auf offener Straße. Dass sie es war, litt keinen Zweifel, der Irrtum lag außer dem Gebiete der Möglichkeit. Er hatte ihr Gesicht gesehn, jeden Zug unterschieden. Das war ihr Hauskleid, das ihr Palatin und das sein Liebling unter ihrem Häubchen.

»Du Störenfried!«, sprach Julius, der ihm gefolgt war.

»Sage mir«, fragte Woldemar, »auf deine Seele frag ich dich, war das die Wahl?«

Julius schwieg betroffen still. »Sie war's!«, gestand er endlich.

»Sie war's?«, rief jener aus und schlich sich heim. Der Zustand seines Gemüts kann leichter empfunden als beschrieben werden. »Unglücklicher«, sprach sein Gewissen, »wie mancher Pflicht hast du entsagt, wie manches Glück verschmäht, wie manche Blume der Jugend hingeworfen, um der Eigensucht deines Götzen, den Launen einer Buhlerin zu frönen!« Der Adjutant unterbrach dieses heilsame Selbstgespräch.

»Noch immer«, sagte er, »läuft dir das Glück nach. Ich komme jetzt, um anzufragen, ob dich die rätselhafte Göttin, deren du gestern gedachtest, auch heute noch am Ziegel hält?« Woldemar wendete sich schamrot ab. Jener drehte ihn schnell um seine Achse, sah ihm tief in die unsteten Augen und sprach: »Täuscht mich nicht alles, so ward die Fee zur Furie, oder zur Hexe, oder zum unerbittlichen Schicksal. Hin ist hin! Ermanne dich, tritt zu den Freikorps. Der Würgeengel ist ein wohltätiger Genius, der alle diese zwerghaften Quälgeister des Stilllebens austreibt und die entarteten, verzauberten Männer von dem Rocken ihrer Omphale losschließt; das Bett der Ehre ist reizender als das der Schäferin, und der Riese der Gefahr minder furchtbar als eine schmollende Tyrannin mit dem feindseligen Gesindel ihrer Grillen.«

»Führe mich zum General«, fiel Woldemar erheitert ein, »ich bin der Deine. Mit Freuden weih' ich mich von nun an dem Tode.«

»Schlag ein!«, entgegnete der Adjutant, und drückte ihn an seine Brust. »Hand in Hand zum ernsten Waffentanze! Bestelle dein Haus, wir gehn nach wenigen Stunden zur Armee ab.«

5.

Als Julius am Morgen der schlaflos hingebrachten Nacht zu dem Freund eilte, um sich von der eigentlichen Triebfeder seines gestrigen Überfalls und Benehmens zu unterrichten, klopft' er lange ungehört an alle Türen. Endlich kam der Wirt herbei, beklagte den Verlust eines so lieben Hausgenossen, erzählte dem Baron, dass ihm Woldemar einige Koffer in Verwahrung gegeben und vor Tage noch mit Extrapost abgereist sei. Dieser bestand auf einen Briefe, welchen sein Freund notwendig für ihn zurückgelassen haben müsse und vermochte den Wirt die Zimmer zu öffnen, doch fand sich nirgends ein solcher vor, wohl aber lag Herminens Schattenriss zerrissen am Boden. Julius begriff so wenig wie sich dies Bild zu dem Geflohenen, als gestern Woldemar, wie das Original in die Arme des Barons sich habe verlieren können. Erblassend las er die Stücke auf und kehrte, jenem gleich, von Misstrauen, Ärger und Argwohn gefoltert, zurück.

Woldemar zog indes in Erinnerungen an den kurzen Göttertraum seines Lebens versunken, dem fernen Ziele der neuen Bestimmung entgegen und verwünschte diese bereits, als er sich, um ihm die nötigen Vorkenntnisse zu verschaffen, im Rücken der Armee, bei dem Depot des Regiments angestellt sah. Die Edelfrau des Rittersitzes, auf dem man ihm sein Quartier anwies, empfing den erstarrten, mit Eis und Schnee bedeckten Offizier aufs Wohlwollendste und führte ihn unter herzlichen Äußerungen von Teilnahme in ein freundliches Stübchen, das mit allen lang entbehrten Bequemlichkeiten versehen war. Überall sprachen ihn Bilder des Friedens, Symbole eines schön geordneten Lebens an; er sah in der gütigen Baronin seine selige Mutter, in dem holden, geschäftigen Fräulein den Schutzgeist des Hauses, in ihrer reizenden, geistvollen Gesellschafterin den traulichen Genius der Freundschaft. Die Wolken des tiefen, lang genährten Unmuts brachen sich, ein heller Sonnenblick fiel in sein Herz.

Woldemar eilte, sich umzukleiden und wartete der Baronin auf. Sie nahm das Wort, unterhielt ihn von den unseligen Früchten des Kriegs, von den Schrecken, die er verbreitete, von der Angst, in die er sie schon oft versetzt, von dem hoffnungsvollen, einzigen Sohne, den ihr die erste Schlacht geraubt habe. Der Zuhörer hatte indes bald zu dem Flügel, auf dem Auguste nur einzelne, leise Töne anschlug, bald an den Nähtisch der Gesellschafterin hingesehen, hatte des Fräuleins blonde Locken mit Julianens schwarzen Flechten, ihr blaues, himmelreines Auge mit diesen dunklen, mysteriösen, Augustens zarten, wie von Geisterhand gewebten Bau mit der üppigen Fülle der Frau von Wessen verglichen, die ihm jetzt als die Witwe des Gefallenen vorgestellt ward. Auguste hörte kaum des verlorenen Bruders gedenken, als ihre Hand unwillkürlich ein Adagio anschlug; schnell aber zog sie sich zurück, um den Perlen des schwesterlichen Tränenopfers zu begegnen: Frau von Wessen hingegen nähete gleichmütig fort und sprach mit süßem Silberton »O lassen wir ihn ruhn, *ma mère*! Welche Hölle wird das Leben, wenn uns der schwarze Geist der Vergangenheit die Genüsse der Gegenwart verkümmern darf. Ich für meinen Teil habe mich gewöhnt, jeden Abend aus der Lethe zu trinken, um mit jedem Morgen zu einem neuen Leben aufzustehen.«

»Auf diesem Wege«, entgegnete Woldemar, »wird uns der schwarze Geist allerdings immer gerüstet finden und keine lächelnde Hore ungenossen vorüber fliehen. Verständ' ich's nur, mich an den heiligen Strom zu betten.«

»Der Wille macht ihn dienstbar«, entgegnete Julie.

»Der Leichtsinn vielmehr!«, fiel die Baronin ein.

»Die göttliche Gabe!«, erwiderte jene. »Wir klagen fort und fort ein Schicksal an, dass nur den Feigen geißelt und verfolgt. Aber man ziehe doch – es gilt den Versuch – jede vorschnelle Sorge für die Zukunft, jede unnütze Nachwehe der Vergangenheit, jede Distel des ziellosen Stundenkummers aus dem Strauß eines Jahres, und ich bin gewiss, dass uns der freundliche Rest mit den wenigen, unvertilgbaren Dornen versöhnen wird.«

Die Baronin, welche nach Art allezeitfertiger Kreuzträgerinnen Geschmack am Leide, Zerstreuung in der Klage, Genuss im Kummer fand und wie jene der Hoffnung lebte, dort umso herrlicher zu prangen, je demütiger und zerknirschter sie sich hier unter der Hand Gottes ge-

krümmt habe, bewies in einer ausführlichen Gegenrede die Unzureich-
barkeit dieses Rezeptes. Auguste blätterte in ihren Noten, Woldemar
aber warf bereits, dem Rate gemäß, den verdächtigen Freund und die
tugendlose Braut aus dem Kranz seines Lebens, um ihn durch jene
glühende Rose und dies liebliche, mit dem Himmelstau der Tränen
bedeckte Veilchen zu ergänzen. Selbst seine Anstellung bei dem Depot,
vorhin eine Quelle des Missmuts, ward jetzt als eine göttliche Schickung
ganz ohne Murren hingenommen und der liebenswerte Gast kehrte
erst spät am Abend, von dem Wohlwollen der Töchter und dem Zu-
trauen der Mutter begleitet, in das heimliche Stübchen zurück.

6.

»Schnell genug«, schrieb ihm Julius bald darauf, »hat sich das seltsame
Rätsel, welches uns entzweite und den friedlichen Schäfer zum Werwolf
machte, gelöst. Der Freund eilt deshalb, den unschuldigsten aller jetzt
lebenden Freibeuter mit Aufschlüssen zu versehen, die dich unfehlbar
aus dem eisernen Felde an das Herz einer viel süßern Beute zurückfüh-
ren werden.

Ich kam, wie du weißt, im November von Paris zurück, bezog mein
gegenwärtiges Quartier, stellte mich aus angestammter Galanterie den
sämtlichen Hausgenossen vor und fand im Laufe dieser Arbeit einen
Schatz, der weder von Tanten, noch Riesen, noch Drachen bewacht,
des Schutzes dennoch mehr als einer bedürftig schien. Das einsame
Mädchen ließ mich zu wiederholten Malen die Schelle ziehen. Sie sah
– ich merkte es deutlich – durchs Schlüsselloch, öffnete endlich, im
Glauben an die Arglosigkeit, welche ich während dieser Besichtigung
auf Stirn und Lippe treten ließ, das enge Dachstübchen, führte mich
über eine Saat von Florschnitzeln zu dem einzigen Stuhle hin und
nahm, dem Gaste gegenüber, auf ihrem Bettchen Platz. Ich verglich
sie nach den ersten Begrüßungen der Perl, die des Zufalls Laune in
eine unscheinbare Wohnung vergräbt, sie aber bestand darauf, nur ein
Blümchen zu sein, das des Zufalls Spiel vor Kurzem hergeweht habe.
Ein Wort veranlasste das andere, meine Teilnahme erweckte Vertrauen,
die reiche Stickung meines Kleides Hoffnungen auf einen Engel vom
Himmel, und so erfuhr ich denn, dass die bildschöne Putzmacherin

ein Kind der Liebe, dass sie um gewisse Rechte geltend zu machen, hieher gekommen sei und sich bis zu Austrag dieser Angelegenheit von der Arbeit ihrer Hände nähre. Du glaubst nicht, wie reizend Therese durch dies Geständnis in meinen Augen ward, mit welcher Schonung, welchem himmlischen Erröten sie ihrer Mutter, in wenig leisen, kaum vernehmbaren Tönen jener Schwäche zieh, wie sichtlich es ihr weh tat, vom jungfräulichen Zartgefühl gebunden, den Fehltritt, welcher der Erde eine Grazie gab, unentschuldigt lassen zu müssen. Ich tat es jetzt an ihrer Statt, und gebärdete mich so ehrbar und zierlich wie der Engel der Verkündigung in alten Komödien. Auch wollte Therese bereits von der Frau Wirtin eine Schilderung meiner mannigfaltigen Vorzüge vernommen haben, und es kostete mir nicht wenig, die Frau Hausbesitzerin der Parteilichkeit zu bezichtigen. Jetzt gab es endlich eine Pause. Sie machte, des Lebewohls gewärtig, eine leise Bewegung, ich aber hielt noch unverrückt das Wasserglas und zwei Semmelschnitten, wahrscheinliche Reste ihres Mittagsmahls im Auge und vermisste zu meinem Verdruss den kecken Mut, mit dem ich oft so mancher ihrer Schwestern einen viel zweideutigern Beistand geboten hatte. ›Es gibt‹, sprach ich endlich im Ton der Weihe, ›es gibt der Wölfe, die im Schafskleid, der Satans Engel, die im Lichtgewand guter Genien einhertreten, so viele – so viele – dass –‹ Ein Blick in ihre hellen, lauschenden Augen brachte mich so schnell um die Folgerung, dass ich in der Verlegenheit, mit der Hand einen Gedankenstrich durch die Luft beschrieb, und kleinlaut fortfuhr: ›Kurz und gut! Sie dürfen mich unbedenklich als einen Vormund ansehen, der Ihnen das väterliche Erbteil schuldig blieb.‹ Meine rechte Hand fasste während der großmütigen Erklärung die ihre, die linke warf einige Dukaten in das halbvolle Wasserglas. Ich sah; ich setzte vielleicht sogar – du glaubst mir das aufs Wort – schon manches Mädchen in Verlegenheit, doch sah ich keine je in einer reizendern. Sollte sie, um den Vorschuss zurückzugeben, den Gesetzen des Anstandes entgegen, vor meinen Augen Fischerei treiben? Die kleinen Finger reichten, es sprang ins Auge, nicht zu dem Gold hinab; dazu machte der reine Mangel an Gefäßen die Entfernung des überflüssigen Wassers unmöglich, und der gütige Geber war verschwunden, als sie noch im Kampfe zwischen Scham und Bedürfnis, wie Eva vor dem Goldfruchtbaum stand. Erbaut von dieser guten Tat, wie mein Herz sie zu nennen beliebte, gelob' ich mir noch auf der

Treppe, nie mehr als ihr Vormund werden zu wollen, und treffe im Vorsaal auf den Jäger des Vaters, der mich an sein Sterbebett bescheidet.

Ich eil' auf das Gut, find ihn im Sarge und im Gefolge seines Todes eine Masse von Geschäften, die mich dort bis Weihnacht festhält.

Vergessen ist Therese, der Gedank' an sie ging in den Wunden des Verwaisten, im Wirbel ernster Zerstreuungen unter; eine süße Erinnerung spricht mich bei der Rückkehr in meine Wohnung an. Ich gedenke der gelobten Vormundschaft, widerrate mir, den neulichen Besuch zu wiederholen und sinne eben auf Mittel, sie durch die dritte Hand mit einem Weihnachtgeschenk zu erfreuen, als man leis an meine Türe klopft. Sie tut sich auf, ein Engelsköpfchen sieht ins Zimmer. ›Sind Sie allein?‹, fragt ihre Flötenstimme und Therese steht vor mir. Ich schiebe, des Bedienten wegen, ihr unbewusst den Riegel vor und führe, betroffener als sie selbst, die schüchterne, zitternde Taube zum Sofa.

›Zu Ihnen‹, flüsterte sie und drückte schneller als ich dem wehren konnte, meine Hand an den rosigen Mund, ›zu Ihnen darf sich wohl ein Mädchen wagen?‹

Ich gestehe dir, Woldemar, dass mein neuer Adam, eingedenk jenes Gelübdes, sich jetzt ein wenig überhob und schon im Geiste die süßen Zinsen abwies, die mir die gewissenhafte Schuldnerin ganz augenscheinlich entgegen trug; dass mich daher die Schamröte umso brennender überlief, als sie jene Goldstücke in die Hand des Lehners drückte, und mit sichtlicher Rührung sprach: ›Der gute Geist der mir diesen Helfer erweckte, hat meine Sache geführt; hat mich in einer gefürchteten Feindin, eine großmütige Wohltäterin finden lassen.‹

›Wohl nur einen Wohltäter?‹, unterbrach ich sie, von dem grämlichsten Unmut übereilt, mit satirischem Lächeln. Therese sah mich schwer beleidigt an – so ungefähr wie ein Engel den verhärteten Sünder fixieren würde, und helle Wehmutstränen fielen jetzt aus ihren Augen. Sie fielen in mein Herz, es bat um Verzeihung; einem Verzückten gleich, sprach ich von dem Sonnenglanz ihrer Unschuld, schlang den Arm um Theresens Nacken und plötzlich standst du, einem Nachtgespenst gleich, vor der heiligen Gruppe. Das Mädchen entsetzt sich, springt nach der Tür, flieht auf ihr Zimmer. Ich stürze dir nach, erstaunt über den lebhaften Anteil, den du an meinem Schützling nimmst. Ich sehe in diesem Überfalle das Treiben der Eifersucht, und überzeuge mich des Angstrufs eingedenk mit dem sie fortstürzt, umso schneller, dass diese Heilige nur eine Heuchlerin, und du selbst die vorgebliche Wohltäterin seist. Sie zu entlarven eil ich nun nach ihrem Zimmer, es ist verschlossen; ich höre sie schluchzen: Vergebens drängen sich meine Beschwörungen durch das ansehnliche Schlüsselloch. Ich sehe jetzt hindurch, sehe das Mädchen auf seine Knie hingeworfen, die Hände gefaltet zum Himmel erhoben, und in allem dem nur das Spiel einer Kokette, die sich bemerkt weiß. Mein Argwohn wird, als ich am Morgen Theresens Schattenriss zerstückt in deinem Zimmer finde, von Neuem zur Gewissheit. Ich schreib' ihr, lege die Stücke des Bildes bei, nenne sie einen Satansengel; zerreiße den tobenden, halb fertigen Strafprediger, schreib' einen zweiten, verbrenne die Kriegserklärung und zwinge mich endlich zu dem dritten, bescheidenern, auf welchen mir am folgenden Morgen die beiliegende, das Rätsel erfreuend auflösende Antwort zukam. Du kannst denken, guter Woldemar, wie feurig meine Reue, wie viel beschämender noch als die gestrige, meine heutige Abbitte war –«

7.

So weit hatte Woldemar gelesen und still ergrimmt der Fabel gelacht, mit der man ihn jetzt, einem Kinde gleich, verblenden wollte, als plötzlich in der Nähe Schüsse fielen. Er sah die Besatzung des Dorfs in regellosen Haufen dem Schlosse zustürzen, warf den Brief samt der ansehnlichen, noch ungelesenen Beilage auf den Tisch, griff zu den Waffen und eilte in den Hof hinab.

»Der Feind!«, rief ihm Frau von Wessen aus dem Kellerhalse nach; ohnmächtig lag Auguste vor der Treppe. Er trug sie in den Arm der Schwägerin. »Der Feind!«, riefen die herbeiströmenden Rekruten und Woldemar rief nach dem Hauptmann. Den aber hatte bereits eine Kugel getötet und alles floh nun dem Neuling zu.

Das Schloss war allerdings fest genug, es einige Stunden lang gegen ein fliegendes Korps zu verteidigen und da es die Geld- und Feldgerätewagen des Regiments enthielt, ein Gegenstand von hoher Bedeutung. Der Gärtner der Baronin hatte bereits die Zugbrücke aufgezogen, der Verwalter die Tore zugeworfen, der Jäger jedem dienstbaren Geiste seiner Herrschaft ein Gewehr in die Hand gedrückt. Woldemar begriff die Möglichkeit einer solchen Erscheinung umso weniger, da er sich vier Meilen hinter der Armee, von Truppen umgeben, kurz in Abrahams Schoß wusste. Aber der kühne Parteigänger hatte sich denn doch, trotz dem Heere, das auf seinen Lorbeern ruhte, von dem Schneegestöber begünstigt, durch das Gebirge geschlichen. Eben befand er sich mit Geißeln, Brandschatzungen und einer erbeuteten Kriegskasse beschwert, auf dem Rückweg und würde die Wessenburg wohl ganz unangetastet gelassen haben, wenn nicht Woldemars Hauptmann den Vortrab des feindlichen Zugs, auf einen Dienstritt entdeckt, und sich ihm mit allem was sich aufraffen ließ, in den Weg geworfen hätte. Der Kühne fiel, und die Freijäger flohen nun dem Schlosse zu, das der Führer des Vortrupps mit Ungestüm angriff. Woldemar fühlte lebhaft, was er den Damen, dem Vaterland, der Ehre seines Degens schuldig sei und belebte durch wenig erhebende Worte den gesunkenen Mut seiner Brüder. Ihr Widerstand verwickelte den Feind, der indes von den herbei fliegenden Scharen seiner Verfolger ereilt, umringt und zusamt der gemachten Beute gefangen ward.

8.

Als Woldemar am folgenden Morgen, von dem Schmerz einer empfangenen Kopfwunde geweckt, aus tiefer Betäubung erwachte, stand die Baronin zu des Bettes Häupten und Frau von Wessen neben ihr. Diese lächelte, jene weinte, der Wundarzt gab den besten Trost; bald darauf erschien auch der Adjutant; er warf ihm unter zweideutigen Glückwünschen ein Hauptmannspatent auf die Decke. »Da siehst du«, sprach er, »wie blind das Glück, wie mächtig der Kriegsgott in den Schwachen ist. Dein zufälliger, folgenreicher Widerstand hat dir plötzlich einen Namen gemacht und eine Stelle verschafft, nach der ich seit zwanzig Dienstjahren vergebens strebte.« Eben kam auch Auguste herbei, sprach von den Schrecken des Gefechts, von Woldemars Ritterdienst und seinem Heldenmut. Mutter und Schwägerin stimmten ein und der Adjutant kehrte nach einem frostigen Lebewohl, mit verbittertem Gemüt auf seinen Posten zurück. Woldemar sah jetzt – wie am Morgen der Weihnacht, in der er die stille Myrte brach – auch in dem schnell erworbenen Lorbeer nur ein Gaukelspiel der Fantasie, in dem Patent

14

nur ein Papier, das ihn an jenen Brief erinnerte, nach dem er jetzt, vom Fiebertraum erwacht, mit Sehnsucht fragte. Vergebens suchte die Baronin das Stübchen, der Bediente seine Taschen, der Wundarzt den Zwinger des Schlosses aus; weder der Brief, noch die bedeutende Beilage war zu finden und der herbeigerufene Jäger, welcher aus diesem Zimmer auf die Feinde schoss, gestand, dass er allerdings einige hier gelegene Papiere unbesehen zu Pfropfen für sein Gewehr verbraucht habe.

Frau von Wessen bot sich dem Kranken zum Sekretär an, und er sagte ihr mitten im Schmerz einige Zeilen für den verdächtigen Freund in die Feder. Nur der Wohlstand konnte die holde Pflegerin für kurze Zeiträume vor seinem Bett entfernen und diese zarte, unerschöpfliche Sorgfalt gewann ihr schnell genug das erkenntlichste Herz. Julie erriet seine Wünsche, seine Winke, seine Verhältnisse; scheuchte mit lieblichen Liedern jede Grille, mit zarter Hand jede Winterfliege vom Bette des Kranken, bot ihm die hilfreiche bei jedem Verbande und führte ihn allgemach durch eine Reihe wohltuender Situationen. Das Wundfieber nahm zusehends ab, schon vermocht er außerhalb des Bettes zu dauern und auch Auguste wagte sich nun wieder in des Freundes Nähe.

»Sehen Sie«, sprach Julie, als sie eines Abends an seiner Seite spann, »ich bin die Parze, die Ihr Leben spinnt. Ein langer Faden, rein und glänzend.«

»Hygea vielmehr!«, erwiderte er.

»Hygea spann ja nicht!«, sagte das abgehende Fräulein. »Nur Schlangen nährte die –«

»Heilbringende!«, rief ihr Woldemar nach.

»Galt das mir oder Ihnen?«, lispelte Julie. Der Zorn rötete schnell ihre Wangen. Rasch ergriff er den Arm der Spinnerin. »Meine Hygea!«, sprach der Dankbare, von süßen Regungen durchdrungen.

»Die Schlange sticht!«, erwiderte Frau von Wessen und verletzte seine Hand mit der Spindel. Ein Tropfen Blut trat hervor. Sie küsst' ihn lachend weg, er zog sie an das Herz. Die dunklen, verlangenden Augen glänzten hart vor den seinen, die lüsterne Lippe vermählte sich dem begehrenden Munde, Juliens Busen schlug voll glühender Sinnlichkeit an Woldemars Brust.

9.

»Frau Tochter«, sprach die Baronin, als jene in das Familienzimmer hinab kam, »vergebens hab ich bisher als Freundin Sie gewarnt, als Mutter Sie gebeten, dieses törichte Herz zu bewahren, und Ihrem Leichtsinn nicht die Ehre meines Namens preiszugeben – Ihren Begierden vielmehr! Unwürdige! So ehrst du das Gedächtnis deines Gatten?«

Julie stellte den Rocken beiseite, setzte sich zum Nähtisch hin und wiederholte mit Gelassenheit: »Begierden? Unwürdige? Sie sind sehr aufgebracht, *ma mère!*«

»Der junge Mann hat Zartgefühl. Er muss die Zudringliche verachten.«

»Eine so gute Christin sollte gütiger sein, gnädige Frau; gerechter wenigstens; denn selbst das höchste Gebot entschuldigt die Zudringlichkeit der Menschenliebe. Dass ich ihm wohl will, ist in der Regel. Sehr wohl, *ma mère!* Nie sah mein Auge in ein reineres, nie begegnete mein Herz einem wärmern. Darum empört mich ihre Härte nicht. Was gibt es süßeres, als um den Mann zu leiden, den wir lieben?«

»Also ein Anschlag auf seine Hand?«

»Auf Anschläge verstehen sich in der Regel die Mütter nur. Ich folge kindlich dem Gefühle.«

»Nur leider nicht dem Zartgefühl. Ihr seliger Mann hat das erfahren.«

»Friede sei mit ihm. Er weiß nun, wer ihm wohl und wer mir übel wollte.«

»Ich wollte dein Glück, Undankbare!«

»Glück macht die Liebe nur und nur *sie* hat er geliebt. Gefürchtet vielmehr. Mein Herz war lauter Flamme, das seine lauter Erz, und immer spröder ward es, bis der Tod es brach.«

»Du brachst es früher schon!«

Julie warf einen glühenden Blick auf die Mutter, verbarg ihr empörtes Gefühl hinter einem unholden Lächeln und schwieg.

»Sähe der Hauptmann dies Gesicht«, fuhr jene fort, »er würde noch entschiedener zurücktreten.«

»Er würde mich bedauern und erlösen.«

»Erlösen, sagst du? Geh, ich verwerfe dich!«

»Sie werfen mich in seinen Arm. Ich komm' aus diesem!«

Die Baronin faltete seufzend die Hände und schlich abseits, dem Himmel ihre Not zu klagen.

10.

Hygea hatte den genesenden Jüngling in der feurigsten Wallung verlassen. Noch glühte jener Wonnekuss auf seinen Lippen, noch sah er diese flammenden Augen, die Fülle der schnell bewegten Brust. Sein ganzes Wesen war in Aufruhr und die seltsamste Erscheinung weckte ihn nach Mitternacht vom Schlummer auf. Der volle Mond beschien ein niedliches Gespenst, das aus der Wand hervor zu schweben schien, nun seinem Bette näher trat und zögernd an ihm lauschte. Woldemar bog sich mit klopfenden Herzen nach der Mauer zurück, wollte seinen Sinnen nicht trauen, wagt' es kaum, einen Blick auf die Erscheinung zu werfen, und kämpfte noch unentschlossen mit sich selbst, als der seltsame Zuspruch wieder aufbrach und mit der Leichtigkeit eines Schattens zurückkehrte. Schnell wuchs sein Mut, er schlich ihm durch die Öffnung nach und stand jetzt vor dem Bett, in dem die Frau von Wessen schlief. Betroffen weilte er an der fesselnden Stätte und traf, als ihn sein Genius fortzog, auf ein zweites, in dem Auguste, lächelnd wie die Unschuld, ruhte.

Woldemar, der bis dahin die heimliche Tapetentür übersehn und nie geahnt hatte, dass sein Stübchen an diese Schatzkammer grenze, machte sie bei der Rückkehr mit leiser Schonung zu und glaubte, zuversichtlich durch die Nachwehen des Wundfiebers, zum Geisterseher geworden zu sein, denn hätte selbst – der Fall war nicht denkbar – sich eine dieser Schläferinnen zu einem solchen Schritt vergessen können, so würde er ja die Fliehende ereilt oder erkannt haben.

Das unerklärbare Rätsel beschäftigte ihn bis zum Morgen, jetzt aber wich der Glaube an das Spiel einer krankhaften Fantasie dem Erstaunen, mit welchem er ein himmelblaues, vor seinem Bette liegendes Band erblickte, und dieses dem Schauer des Fiebers, das im Gefolge der erschütternden Zauberspiele dieser Stunden zurückkehrte.

11.

Auch die Baronin war am Morgen erkrankt, hatte den Beistand der Schwiegertochter zurückgewiesen und Auguste, gewöhnt der Feindin wohlzutun, für diesmal vergebens alles aufgeboten, den Groll des tief empörten Mutterherzens zu beschwören.

Julie schlich sich, von der Mutter verschmäht, zu dem Freunde hinüber, der bei ihrem Eintritt seinen Rückfall vergaß, und schüttete ihr Herz vor ihm aus. Der Kindheit Freuden hatte ihr, laut dieser Geständnisse, eine grausame Stiefmutter, die Blumen der Jugend ein liebloser Gatte und die herrschsüchtige Baronin geraubt. Diese verkenne, Auguste beneide sie, und beide sähen in dem heiligen Mitgefühl, in dem reinen Feuer der Teilnahme, das sie zur Pflegerin des edelsten Mannes gemacht habe, nur den schlau berechneten Plan einer Kokette. Helle Tränen begleiteten die rührende Elegie, sein fieberhaft reizbares Herz sprach nur zu laut für die Weinende. Sie nannte ihn ihren einzigen Freund, er aber nannte sich ihren ewigen Schuldner und gedachte seufzend gewisser Fesseln, die seine feurige Vergeltungslust für den Augenblick noch gefangen hielten.

»Dass mein Gemüt«, erwiderte Julie, »die Heiligkeit dieser Pflichten kennt, dass es selbst die Ansprüche einer Unwürdigen zu ehren versteht, bezeugt die Fassung, mit der es in jener Nacht das Feurigste aller Gelübde zurückwies.«

»Welche Gelübde?«, sprach er im Herzen zu sich selbst. »In welcher Nacht?«

»Oder hätte die Krankheit Sie in jener unvergesslichen Stunde zum bewusstlosen Schwätzer gemacht? Wohl Ihnen dann! Dann wäre ja Hermine nur ein Traumbild, das mit der wiederkehrenden Besinnung in sein Nichts zerfloss und ihre Treulosigkeit ein Phantom, das im Morgenrote der Genesung unterging.« Woldemar sah verstummt zu Boden. »Und wohl auch mir«, fuhr Frau von Wessen fort, »der da ein Gott die Kraft verlieh, dem feurigsten aller Männer zu widerstehen, und die Erhörung zu verzögern.«

»Unseliges Verhängnis!«, rief er und sprang auf. »O warum streifte mich der Fittich des Würgeengels nur? Wie gern schlief ich in seinem Arme!«

»Oder am Herzen der Verlobten?«

»Ich bin sehr elend! Nimm mich an das deine. An das hart verletzte, das ich heilen will und muss.«

»Nicht also, guter Woldemar, ein Engel wird diese Wunden verbinden, der Engel der Vergeltung, der unsere Opfer zählt und unsere Tränen.«

»Ich will alles gutmachen!«, rief er, hingerissen von der Flut seiner Gefühle, von einer unzeitigen Großmut gemeistert. »Ja, ich gelob es! Nur das Mitleid sagst du, die Teilnahme nur, nur die laue Hand der Freundschaft hätte dich wochenlang an meinem Bette festgehalten? Nur um ihretwillen hättest du dem Grolle der Schwester, dem Zorne der Baronin, der Verleumdung bösartiger Toren getrotzt? Nur aus Rücksicht auf die geflohene Treulose meiner Hand entsagt, die ich dir – zwar in des Fiebers Glut – doch wahrlich, inspiriert von meinem Engel bot?«

»Still, Frevler, still!«, rief Juliane jetzt. »Sie fühlen nicht, wie tief mich diese Zweifel beugen; die Flamme nicht, die an unheilbare Wunden schlägt. O warum muss die böse Fee zwischen mich und den Abgott meines Lebens treten?«

Lieblicher hatte nie eine Frage seinem Ohr geschmeichelt, schneller nie ein Zauber sein Herz umstrickt, kein sterblich Weib ihn je so magisch angezogen. Die Spiegel ihrer Seele flammten wie Sterne durch die Nacht des Grams, der Wehmut Genius schien aus dem Rosenkelche dieser Lippen ihn um Erbarmen anzuflehen. Er fasste sie mit starkem Arm, er hob sie hoch, ans Herz empor und bedeckte die Schluchzende mit zahllosen Küssen. »Ich bin der Deine!«, rief er. »Wirst du dies zweite heißere Gelübde verschmähen?«

»Liebling! – Bräutigam! – Himmlischer Geist!«, stammelte Julie und ließ die Lippen des Trunkenen schalten. Man klopfte, er vernahm es nicht. Auguste trat herein ihre Schwägerin abzurufen; sie wand sich sanft aus seinem Arm, sprach zu dem Fräulein, dessen Antlitz ein edles Schamrot überflog. »Nimm hier kein Ärgernis, wir sind verlobt!«, und hüpfte fort.

Auguste verbeugte sich gegen den Hauptmann, und wollte der Braut folgen, Woldemar aber fasste ihre Hand und bestätigte in gebrochenen Worten Juliens Versicherung. »Ich kenne«, erwiderte das Fräulein, »die Gesinnungen meiner Mutter zu wenig und die Gefahren Ihres Standes zu genau, um beiden jetzt schon Glück zu wünschen.« Er ließ beleidigt Augustens Hand fallen. »Aber wie kommt dies Band in Ihr Zimmer?«, fragte sie jetzt, und nahm es vom nahen Tische weg. »Vergebens hab ich es heut' am Morgen gesucht.«

»Ein Strumpfband vielleicht?« Sie verstummte. »Oder etwa gar der Gürtel der Vesta? Auf jeden Fall sind Sie imstande, mir das Rätsel zu lösen. Vor meinem Bette fand ich es. Ihr Schutzgeist, Fräulein, trug diesen Talismann mitten in der Nacht in mein Zimmer.«

Auguste wechselte die Farbe, der Hauptmann sah ihr starr ins Gesicht. »Und die mysterische Pforte hier – unstreitig führt sie in das Geisterreich; aus ihr trat der willkommene Gast hervor, durch sie kehrt' er zurück. So ist es – auf mein Ehrenwort!«

Ihre Hände bebten, ihre Wangen verblichen, sie wankte sprachlos aus dem Zimmer.

12.

Woldemar sah ihr staunend nach. Sein Kopf brannte, sein Herz glühte, Feuer rann in seinen Adern, er eilte, Luft zu schöpfen, in den Zwinger der das Schloss umgab. Die Erscheinungen dieser Zeit schwebten wie Geistertänze vor seiner Seele und der Schutt und die Blutspuren im Schnee weckten Erinnerungen an jenes ehrenvolle Gefecht in ihm auf. Er freute sich der gelungenen Tat, dachte des Getümmels, das ihr voranging, des empfangenen Briefes, den der Jäger der Baronin in seinem Diensteifer verbracht hatte und eilte zu sehen, ob sich nicht Reste desselben auffinden ließen, unter sein Fenster hin. Lange stöberte er vergebens zwischen Eis und Schnee und dem Abbiss der Patronen, fand endlich ein bedeutend scheinendes, zerrissenes Blättchen und las: »Die großmütige Schwester – das Häubchen von ihrem Kopfe – zur Täuschung ähnlich –«

Eine kalte Hand griff ihm ins Herz. Er sann und sann und suchte jetzt angsthafter; ihn aber suchten die Bedienten, denn eine Ordonanz aus dem Hauptquartier war gekommen. Der Husar erbat sich einen Empfangsschein und übergab die Depesche. Woldemar fertigte ihn ab, öffnete den Befehl, sah sich angewiesen mit der unterhabenden Mannschaft alsogleich aufzubrechen, des fördersamsten im Hauptquartier einzutreffen, oder falls sein Gesundheitszustand ihm dies für seine Person nicht gestatte, ohne Zögerung nach dem Lazarett abzugehn.

Schnell ward gepackt, gesattelt, und der Generalmarsch geschlagen, denn kein Augenblick war zu verlieren, wenn das entfernte Ziel, den Worten der Depesche gemäß, erreicht werden sollte.

13.

Julie hatte indes, trotz dem bestimmten Verbote, die kranke Schwiegermutter heimgesucht, das gestrige unkindliche Benehmen mit der Heftigkeit ihres Charakters entschuldigt, ihre Hände mit Küssen bedeckt, heilige Sprüche und schöne Sentenzen zu Mittlern gemacht und so den Zorn der gutmütigen Baronin in Wehmut, den stillen Groll in herzliche Vergebung aufgelöst. Jetzt hielt Frau von Wessen ihrem Woldemar eine Schutzrede, der die Mutter umso weniger zu widersprechen vermochte, da sie früher selbst seiner Bescheidenheit, seiner Sittlichkeit, und so mancher liebenswürdigen Eigenschaft, die ihn auszeichnete, das gebührende Lob erteilt hatte. »Zu allen dem«, fuhr jene fort, »hat Ihnen Gott in dem edlen Mann einen Engel gesandt, denn wie wäre es uns ergangen, wenn er nicht Wunder tat. Dieses Haus läg in der Asche, Sie vielleicht im Grabe, ich und Auguste ständen, des Ärgsten gar nicht zu gedenken, geplündert und verlassen am Scheidewege. Was wir sind, was wir haben, erhielt uns seine Hand und die wollten Sie aus der Hand seiner Vergelterin reißen? Der Himmel selbst belohnte diese Tat und öffnete ihm eine glänzende Laufbahn.«

Gewiss würde die Baronin in Hinsicht auf den Wert des Freiers, auf den Schutz, welchen sie ihm dankte, dies Einverständnis wohl eher begünstigt als gescholten haben, wenn ihr das Glück der Tochter nicht näher als das der Verwandtin am Herzen gelegen hätte. Sie kannte nur zu gut den Quell des stillen Grams, der aus Augustens verweinten Augen sprach und begriff nicht, wie ein so zartfühlender Mann, blind für den Zauber dieser Himmelsblume, nach der dornigten prahlenden Rose zu greifen vermochte. Da indes die Ehen, ihrem Glauben zufolge, des Himmels Sache waren und die Frau von Wessen bereits als verlobte Braut um ihren Segen bat, so vergab sie mit sanften Worten den übereilten Schritt, behielt sich das Weitere bis zu ihrer Genesung vor und drang darauf, dass Woldemar zuförderst einem Stande, der Julien bereits zur Witwe gemacht habe, entsagen solle. Frau von Wessen erklärte selbst diese Bedingung für zweckvoll und unerlässlich und sah jetzt, still entzückt, in der sinkenden Sonne den Herold des Brautabends. Da ward es plötzlich lebhaft auf dem Hofe, des Hauptmanns Leute liefen durcheinander, der eine sattelte, der andere sprach von nahem Blutvergießen, der Ruf der Trommel scholl aus dem Dorf herauf.

Die Knie wankten unter ihr, sie stürzte geisterbleich hinüber, in Woldemars Arm.

»Was soll das?«, fragte er mit verbissenem Schmerz. »Warst du nicht eines Soldaten Frau? Euch ziemt, wie uns, gefasster Mut.«

Doch zu schrecklich war der jähe Sturz vom Sonnenziele in die Nacht des Grams, zu tief der Fall für ein so zügelloses Herz, das jedes Lächeln des Geschicks zum Himmel hob, jeder Umfall in die Höhle des Jammers hinabwarf. Wimmernd hing sie an Woldemars Halse, hielt ihn krampfhaft umfasst und ihre Lippen zuckten gichterisch.

»Bald sehen wir uns wieder!«, tröstete er mit halber Stimme. »›Oft!‹, sagt mein Herz – nach wenig Tagen vielleicht, und am Ziele winkt ein Hafen in dem uns nichts mehr trennen soll.« Aber die Jammernde verwarf jeden Trost. »Nimm!«, rief sie und schnitt mit schonungsloser Hast eine Flechte von dem glänzenden Haupthaar. »Nimm und gedenke mein! Und meiner nur!« Gelobend bedeckte er ihren bebenden Mund mit heißen Küssen und bat sie dann, die kranke Mutter auf seinen Abschiedsbesuch vorzubereiten. Julie ging nach langen Bitten, doch wenige Schritte nur. Laut schreiend flog sie an seinen Hals zurück. Ihre zuckenden Augen brachen, entgürtelt flog der Busen, das lose Haar um ihre Scheitel. Sie lag noch bewusstlos im Arm ihrer Kammerfrau, als Woldemar in der furchtbarsten Stimmung seines Lebens über die donnernde Zugbrücke sprengte. Schaudernd blickte er vom Tal aus nach dem Schlosse hinauf, dessen Fenster das Spätrot vergoldete, gab den rätselhaften Geistern dieser Burg Gute Nacht, und saugte das Blut aus der Lippe, die Julie im Wahnsinn ihres Schmerzes verletzt hatte.

14.

Als man den Hauptmann nach jenem Gefechte verwundet und betäubt auf sein Zimmer zurücktrug, übernahm Frau von Wessen wie bekannt die Rolle der Wärterin und ließ deshalb, um in seiner Nähe zu bleiben, ihr Bett ohne der Mutter Wissen, in jene leere, nachbarliche Kammer versetzen. Erst späterhin bemerkte die Baronin diesen ihr höchst missfälligen Übelstand, wies Julien auf der Stelle einen Platz in ihrem eigenen Schlafzimmer an, gesellte ihr, als diese Weisung unbeachtet blieb, Augusten bei und verschloss die bewusste Tapetentür. Frau von Wessen aber schloss sie, um sich einen weiten Umweg zu ersparen, am folgenden Morgen wieder auf und aus angeborener Furcht vor Dieben und Kobolden, Nacht für Nacht die andere zu, welche über den unheimlichen Saal in die Zimmer der Baronin hinüber führte. Auguste hingegen der es nie beikam, den lieben Gast auf einem Schleifwege heimsuchen zu wollen, glaubte die streitige, von der Mutter gesperrte Türe noch immer fest verschlossen, und ahnte nicht, dass ihr Verhängnis sie im tiefsten Nachtkleid und in der verdächtigsten Stunde hindurch, und an das Bett eines feurigen, hoffnungslos geliebten Mannes führen werde. Oft genug ward die vermisste Nachtwandlerin in frühern Zeiten bald von dem Simse des Fensters, bald aus irgendeinem entlegenen Verstecke zurückgeholt. Das Übel nahm mit den Jahren ab und immer hatte man sie bei den seltenern Rückfällen von der verschlossen gefundenen Türe ohne Weiteres in ihr Bettchen zurückkehren sehn.

Welch Entsetzen musste daher dieses reine, von dem erklärten Brautstand der Schwägerin soeben gebrochene Herz ergreifen, als Woldemars spöttisches Lächeln, als sein zum Pfand gesetztes Ehrenwort die leise Ahnung einer schrecklichen Möglichkeit zur Überzeugung erhob.

Die kranke Baronin lag indes während des Aufbruchs der Besatzung, von allen den Ihrigen verlassen da. Sie hörte den Lärm, das Wirbeln der Trommeln, den Hufschlag der Rosse und schellte vergebens. Die Bedienten kannegießerten im Hofe mit den marschfertigen Jägern, die Jungfer lag, in Tränen aufgelöst, an des Feldschers Brust, das Stubenmädchen wollte den Pfeifer nicht lassen, Juliens Kammerfrau saß erstarrt vor der verzweifelnden Braut, und Augustens alte Wärterin lief der schluchzenden Enkelin nach, die ihrem Trommelschläger den Wirbel verdarb.

Das Getöse nahm kein Ende, der zersprungene Klingeldraht lag am Boden, und die Baronin, welche jetzt nichts sicherer glaubte, als dass der Feind zufolge eines zweiten gelungeneren Überfalls das Schlimmste beginne, sprang, von der Angst geheilt, plötzlich auf, um ihre Küchlein mit Hand und Mund bis auf den letzten Odemzug zu verteidigen. Aber noch stand im Vorsaal alles auf dem gewohnten Platz. Von Zimmer zu Zimmer eilte sie nach Juliens Schlafkammer, trat jetzt erblassend vor ein Schreckbild, das unter wilden Krämpfen ächzte und nahm, nach Hilfe rufend, Augusten wahr, die einer Sterbenden gleich vor ihrem Bette kniete und taub für allen Jammer dieser Szene schien. Welch ein Abend! Welch eine Masse von Seufzern und von Tränen, von denen ach so wenige ein Gegenstand für die wohltuende, Schmerz und Tränen wiegende Vergelterin sein konnten.

Zerstört im Innersten klagte Julie ihr Geschick an; in Tränen edler Scham gebadet, verging die holde Nachtwandlerin; sprachlos stand die schluchzende Mutter zwischen der Gruppe und die betäubten Bräute des Freikorps sprangen mit verweinten Augen bunt durcheinander ab und zu und holten in der Zerstreuung Öl statt des Essigs, Tinte statt des Balsams und den Pastor statt des Baders herbei.

15.

Woldemar hatte indes das Ziel seiner Bestimmung erreicht, sich gesund gemeldet und eine Masse lästiger Dienstgeschäfte vorgefunden, die den Unkundigen bei dem Mangel an Ratgebern und Freunden, bei der feindseligen Stimmung, die sein frühes Glück veranlasste, schnell genug mit einem Stand entzweiten an dem ihn doch das eiserne Band der Pflicht und des Ehrgefühls festhielt.

Auf der Wessenburg herrschte jetzt nach langen Stürmen eine Windstille.

Juliens Arzt war der Leichtsinn, Augustens Trost das Bewusstsein geworden und der himmlische Frühling goss das Füllhorn der Erneuung über sie aus. Eben war die Mutter mit Woldemars Braut auf ein nachbarliches Gut gefahren, als sich ein fremder Baron bei dem Fräulein ansagen ließ. Viel lieber hätte die Einsame den unwillkommenen Gast abgewiesen aber es fehlt' ihr für den Augenblick an einer glaubwürdigen Entschuldigung und so ward er denn angenommen.

Ein junger, blendend schöner Mann trat in das Zimmer. Sein hoher Wuchs, sein Apollonskopf, die würdevolle Anmut seines Benehmens, gewann in Voraus ein Gemüt, dem der zarteste Sinn für die Gabe der Grazien anhing und der Gegenstand welcher ihn zu Augusten führte, war bedeutend genug ihre Aufmerksamkeit zu fesseln.

Julius hatte nämlich nach dem Empfange jener wenigen, nichtssagenden Zeilen, welche Frau von Wessen damals in Woldemars Namen schrieb, vergebens einer Antwort auf seine dringende, Herminens Ehre rettende Zuschrift entgegen gesehen; hatte endlich an den Adjutanten geschrieben, und von diesem einige Winke, Weisungen und Aufschlüsse empfangen, die ihn zu der Reise nach dem fernen Schauplatz des Kriegs bestimmten. Von den Verhältnissen, in denen sein getäuschter Freund hier stand, wie von dem Charakter der handelnden Personen unterrichtet, hatte er im Posthause bereits seit Tagen den günstigen Augenblick erwartet, der ihm, Augusten ohne Zeugen zu sprechen, vergönnen würde. Er stellte sich ihr jetzt als Woldemars Vertrauten dar, den der Beruf, viel Unheil zu verhüten, vor ihre Augen geführt habe; bedauerte ihre Langmut durch Weitläufigkeit erschöpfen zu müssen, unterhielt das Fräulein zuförderst mit Woldemars heimischen Verhältnissen, und von der seltsamen Katastrophe, die ihn aus jenen weg, in den Krieg trieb.

Aber es fehlte viel daran, dass seine Weitläufigkeit das Fräulein ermüdet hätte: Sie war ganz Ohr, und ihre Teilnahme machte sie von Minute zu Minute liebenswerter.

»Herminens Vater«, fuhr Julius fort, »hatte als Handlungsdiener das Glück, der Tochter seines reichen Herrn zu gefallen, und im Gefolge dieser Gunst das Unglück, sich zu einem Schritte zu vergessen, der Theresen das Leben gab. Des Vaters Blindheit und der Beistand der Mutter machten die Verheimlichung möglich, der junge Mann ward nach Holland, das Kind der Liebe in ein entferntes Waisenhaus versetzt und des Kindes Mutter mit größerm Glück als Recht die Gattin eines bedeutenden Wechslers. Er starb im ersten Ehejahr und setzte sie zur Erbin ein. Der frühere Vertraute kam zurück, machte die verjährten

Rechte geltend, verloschene Gefühle in dem Herzen der Witwe wieder rege, und ward ihr Gemahl. Sie gebar ihm Herminen und starb in dem Kindbett. Er folgte ihr nach wenig Monden, vom Schlage getroffen nach, und sein redlicher Bruder nahm den verwaisten Säugling auf.

Falscher Scham, die Quelle so manchen Unheils, hatte es der Verschiedenen unmöglich gemacht, sich späterhin zu diesem Kinde zu bekennen, doch sorgten die Eltern aus der Ferne für sein Wohl. Des Vaters schneller Tod entriss Theresen die letzte Stütze, denn es fand sich weder ein Testament noch irgendetwas, das ihr Dasein bezeichnet hätte, vor. Die Vorsteher jenes Waisenhauses überließen die Heranwachsende einer Dame, der sie ihre Bildung dankt, als aber diese zufolge einiger verlorener Rechtsstreite verarmte, und sie jetzt in die fremde Welt hinaus treten musste, machten Bildung und Anmut ihre Lage nur umso kritischer.«

Der Tee unterbrach jetzt den Erzähler. Auguste kredenzte ihn; Julius bemerkte mit Wohlgefallen ein Paar der zartesten Hände und die ganz eigene Annehmlichkeit, welche Augustens Gliederspiel über die kleinste ihrer Bewegungen verbreitete.

»Hermine«, fuhr er fort, und rückte ihr vertraulich näher, »Hermine stöbert vor Kurzem in der Schatulle ihrer Mutter, und trifft da, von dem guten Geist des Zufalls geleitet auf ein geheimes, mit Quittungen und Briefen angefülltes Fach, welches außer dem überraschenden Beweis der mütterlichen Verirrung sichere Hilfsmittel enthält, die Spur der nie geahnten Schwester aufzufinden. Hermine sieht eine höhere Fügung in dem Ungefähr, fühlt sich so geneigt als berufen die Verlassene mit ihrem Überflusse zu erfreuen, macht den Oheim zum Vertrauten und wird nicht müde, ihn um Beistand und Vermittlung anzugehn. Der Onkel untersucht, überzeugt sich, empfiehlt ihr Verschwiegenheit; will erst das Wie und Wo erforschen, sich von dem Wert oder Unwert der Person unterrichten, und der Wallung eines schönen Herzens durch weise Vorsicht Maß und Ziel setzen. Aber das Übervolle hat sich bereits am Busen einer Freundin entladen und diese das Geheimnis unter dem Siegel der Verschwiegenheit ihrem Bruder, Herminens hoffnungslosesten Anbeter mitgeteilt. Armut, Habsucht und der Groll verschmähter Liebe bestimmen ihn, die Entdeckung zu seinem Vorteil zu benutzen: Er durchreist die bezeichnete Gegend und findet nach manchem Kreuzzug die Gesuchte zwischen Hunger und Kummer mitten inne.«

Augustens Mädchen rief jetzt das Fräulein ab. Sie kehrte nach wenigen Minuten zurück, entschuldigte ihre Abwesenheit mit der angenehmen Sorge für sein Nachtlager und bat den Baron, der ihr für diese Güte den feurigsten Dank sagte, um die Fortsetzung der Geschichte.

»Goldne Berge«, erzählte Julius, »werden jetzt Theresen gegen eine billige Vergeltung zugesichert, der Beweis ihrer Abkunft so überzeugend geführt, der Umfang ihrer Ansprüche so klar ins Licht gestellt, dass sie nicht länger zögern mag, diese Kette schmerzlicher Entbehrungen mit dem verheißenen Überfluss zu vertauschen. Sie eilt, von den trefflichsten Zeugnissen ihres Wohlverhaltens unterstützt, nach der Vaterstadt, erschreckt den Oheim durch die sprechende Ähnlichkeit mit Herminen, die von der plötzlichen Erscheinung überrascht, von diesen Zeugnissen gewonnen, von dem Anblick ihres Ebenbildes erschüttert an des Mädchens Hals fliegt, und die gefundene Schwester feurig willkommen heißt. Therese vernimmt mit Erstaunen, was bereits von hieraus für sie geschah, sieht sich statt der Verleugnung, auf die sie gefasst war, mit den zärtlichsten, rein vom Herzen kommenden Liebkosungen überhäuft, und beschließt, in Scham und Rührung aufgelöst, Gleiches mit Gleichem, die Großmut durch Mäßigung zu vergelten. Ein seltsamer Wettstreit entspinnt sich nun. Hermine dringt auf eine Teilung der Erbschaft, Therese will sich dagegen nur vor dem Hunger geschützt, nur als eine Hilfsbedürftige geduldet sehen, am wenigsten im Kreise der Familie unter ihrer wahren Gestalt auftreten. Jene trägt ihre besten Kleider zur Auswahl für Theresen herbei, diese wählte sich einen häuslichen, schon getragenen Anzug. – Und so blieb denn das Mädchen meine Hausgenossin, so verkannte Woldemar, der in diesem Momente weder die unzartere Haut noch das dunklere Haar in Betracht zog, seine schuldlose Braut –«

»Die ihn«, fiel Auguste ein, »mit dem Dasein einer solchen Schwester, schon um die{ }gefährlichen Ähnlichkeit willen hätte bekannt machen sollen.«

»Unfeh{ }.«, entgegnete Julius und das Fräulein errötete, »schloss ihr nu{ } zarte Verschämtheit, oder die Achtung für den Ruf und die '{ }e ihrer Mutter den Mund. – Ich bin am Ziele«, setzte er mit ei{ } leichten Verbeugung hinzu, »und Tag und Nacht gereist, das { }seligste aller Missverständnisse auszugleichen, oder, wenn mir das nicht gelingen sollte, der Gekränkten eine Genugtuung zu verschaffen, die das Gesetz der Ehre vorschreibt.«

Auguste seufzte tief und sprach: »Am Ende war vielleicht die übereilte Entfernung Ihres Freundes eine unerkannte Wohltat des Himmels, der das edelste Mädchen auf diesem Wege von dem bestandlosen Manne befreit hat.«

»Meinen Sie?«, fragte er, und sah ihr tief in das blaue Augenpaar.

»Denn Ihrem Woldemar«, fuhr sie fort, »weint bereits eine neuere Braut nach.«

»Man sagte mir das – ich glaubte es nicht. Jetzt – o jetzt muss ich's fürchten!«

»Sie sind sein Freund. An Ihnen ist es, ihm den vorgefassten Argwohn zu benehmen, ihn an ein Herz, das er zerriss, zurück zu führen.«

»O nun es so weit ist, sind wir geschieden – der Rächer tritt nun an des Warners Platz.«

»Nein, edler Mann«, sprach sie mit flehendem Silberton, »der Warner muss zum Engel und nicht müde werden, bis ihm die gute Tat gelingt.«

Julius küsste von dem Zauber dieser Töne, und von dem Geiste dieses Rats ergriffen, Augustens Hand, als die zurück gekommene Julie hereinrauschte, betroffen stehen blieb und die Gruppe mit blitzenden Augen maß. Das Fräulein stellte ihr in dem Gaste Woldemars Freund vor. Sie erwiderte seinen Gruß mit dem anmutigsten Lächeln, zitterte bereits im Herzen vor den Zwecken dieses augenscheinlichen Störenfrieds und griff zu den magischen Waffen ihres Zaubers. Aber Julius sah durch den täuschenden Schleier der Grazie in ein harmvolles Herz, in diesen unsteten Blicken, in dieser leisen, jeden Scherz verkümmernden Angst den regen Argwohn ihrer Schuld – und als er sie jetzt über dem Fräulein vergessen zu wollen schien, da ward die Charis plötzlich zur Ate, der Groll der Missgunst trat auf ihre Stirn, Auguste aber zog sich mit sanften Erröten hinter den Heiligenschein der Sittlichkeit zurück. Frau von Wessen fasste sich schnell; überschüttete die verstummte Schwätzerin mit Schmeicheleien, lenkte nun, von dem Spiele seines Humors erheitert, das Gespräch auf den Hauptmann, dessen bis jetzt nur beiläufig gedacht worden war und erschöpfte sich in seinem Lobe. Julius begleitete es mit den Gebärden des Beifalls, erbat sich, als Auguste verschwunden war, die Erlaubnis, eine so teilnehmende Gönnerin seines Vertrauten von dem seltsamen Missgeschick ihres gemeinsamen

Freundes unterhalten zu dürfen und wiederholte Wort für Wort die Geschichte. Julie sah ihm erst ins Auge, dann zum Himmel, von diesem zu Boden. Sie spielte bald mit dem Ridikül, bald mit den Gliedern ihrer Kette, errötete, verblasste, und stand eben im Begriff, den Erzähler für ihre Ansprüche zu gewinnen, als die Baronin mit einem Brief ins Zimmer trat. Sie übersah den Fremden in ihrer Bestürzung. »Lies«, sprach sie kaum vernehmbar, »die Armee ist geworfen – der Feind im Anzug.« Julie verschlang mit feurigen Augen den Inhalt der Nachricht. »Er wird vermisst!«, rief sie, die Hände ringend. »Woldemar ist gefangen oder gefallen!«

»Der Himmel selbst«, erwiderte Julius, »scheint dies Herz an die Entbehrung seines Lieblings gewöhnen zu wollen.«

»Sie wissen also«, entgegnete Frau von Wessen, »dass Woldemar der Meine ist? Aber wissen Sie wohl auch, dass weder ein Märchen, noch sein Erfinder, weder die Schlauheit einer Nebenbuhlerin, noch die Beredsamkeit ihres Wortführers, mir ihn entreißen wird?«

»Ich weiß nur«, fiel er ein, »dass der Feind, gegen den er dies Schloss verteidigte, bei Weitem nicht sein schlimmster war und dass sein Weg zu Ihnen nur über mich geht. Aber wir streiten vielleicht über die Pflichten eines Toten, und täten doch, falls diese Nachrichten gegründet sind, viel besser, zu packen und zu fliehen.«

Julie kehrte ihm tief empört den Rücken und folgte der Baronin, welche taub für den Wortwechsel mit dem Himmel verkehrt hatte.

Julius traf im Fortgehn auf das Fräulein. »Werden wir uns wiedersehn?«, sprach er. »Und wie, und wann?«

»Längstens dort«, entgegnete sie, »und so Gott will, an einem schönern Tage.«

Er drückte gerührt ihre Hand an die Lippen. »Sie müssen fliehen«, sprach er, »wer begleitet, wer beschützt Sie denn?«

»Himmel und Erde«, entgegnete sie, »der Mutter Gebet und unser Jäger.«

Die Baronin kam in diesem Augenblick herzu. Sie hatte von Julien vernommen, wer er sei, sah in dem unerwarteten Gaste einen ihr in der Stunde der Not gesandten, erbetenen Beistand und bot ihm nach den ersten Begrüßungen den Platz in ihrem Wagen an. Augustens Augen unterstützten mit sanften, beredsamen Blicken das Erbieten, der Freiherr sagte zu.

16.

Nur zu lange ließen wir indes Herminen aus den Augen, deren Lage nach Woldemars übereilter Flucht unter die trostlosesten hinabfiel. Julius war nach jener Begebenheit, durch Theresens Vermittlung ihr bekannt, war ihr Freund, ihr Ratgeber geworden, und des Mädchens letzte Hoffnung beruhte auf dem Erfolge seiner Reise.

Mut- und ruheloser als je, lag sie eines Abends an dem Herzen ihrer heimlichen vertrauten Schwester, als diese tröstend zu ihr sprach: »Schon manche Braut, meine Geliebte, ward getäuscht, schon manches feste Band durch Zufälle, Missverständnisse oder die Bestandlosigkeit der Männer zerrissen und nicht selten segneten späterhin die Getäuschten ihr Schicksal. Wüsstest du doch, was ich verschweigen sollte!«

Hermine sah, den Trost verschmähend, an ihren Busen nieder. »Ach, Schwester«, klagte sie, »du kennst den Umfang meines Unglücks nicht.«

»Gestehe nur«, entgegnete Therese, »dass Julius der liebenswürdigste aller Männer ist. Mir wenigstens sagt mein Gefühl dass ich an seiner Hand den lieblosen Hitzkopf bald vergessen, dass ich dem Himmel danken würde, der mich durch kurzen Schmerz zu einem solchen Ziele führt. Das ist dein Fall. ›Es kostet meinem Herzen viel‹, gestand er mir am Abend vor seiner Abreise, ›den Günstling eines Mädchens zu versöhnen, das mich gefesselt und begeistert hat. Aber ich gelobe mir, die Pflicht der Ehre und der Freundschaft zu erschöpfen; und sollte es auch mein Leben gelten, ich erschöpfe sie! Ein reizendes‹ – du musst alles wissen, Hermine – ›ein gefährliches, verbuhltes Weib‹, sagte er, ›hat, wie der Adjutant mir schreibt, den Törichten umstrickt, und find’ ich ihn verloren, so tritt der Mittler kühn an seinen Platz, und Sie, Therese, ebenen mir den Weg.‹ Ich versprach ihm das, Liebe!«

Hermine weinte laut. Ihre Lippen zitterten, das übereilte Geständnis der Schwester hatte ihr Innerstes zerrissen. »Wehe mir!«, rief sie, als der wilde Schmerz endlich Worte fand. »Wehe mir, denn unserer Mutter Schicksal ist das meine.« Therese sah erbleichend an ihr herab.

»Rechte nicht mit der Unglücklichen«, fuhr sie fort, »welche Sterbliche wär’ in jener Versuchung bestanden? Es gab eine Nacht, Therese, in der dies Herz von Sehnsucht aufgelöst, dem Liebling alle seine Blüten zudachte – in der ich die Arme verlangend nach dem Bräutigam ausstreckte, in der die schöne Feenwelt der Wunder zurückkehrte. O, fühle, liebe, verlange wie ich, und tritt nun nach einem endlosen, verschmachteten Tage in die einsame Kammer – deine Lippe lispelt seinen Namen, die warme Fantasie träumt ihn ans Ziel in deinen Arm; da rauscht es hinter dir, des Lieblings Geist erscheint, kommt näher, zieht dich an die Brust und wird – und wird zu deinem Manne!«

Der Oheim unterbrach die Schwestern. Ein Geschäft führte ihn her, doch das Wort erstarb auf seiner Zunge, als er Herminen einer Sterbenden ähnlich, der Ohnmacht nahe fand. »So sage doch endlich, was dein Herz bekümmert!«, sprach der Erschrockene. »Kann ich helfen?«

Sie neigte sich schluchzend auf seine Hand.

»Willst du heiraten? Ich sage ja! Ledig bleiben? Desto besser! Ein ehrlicher Mann kann in Voraus alles gewähren, was ein braves Mädchen verlangen mag. Nach Pyrmont soll ich, will der Arzt. Willst du das auch, so reisen wir zusammen.«

»Gern, gern!«, rief diese jetzt. »Hinaus! Weit in die Ferne! Vielleicht, dass dort ein Heilbad für mich quillt.«

Der Diener, welcher ihn eben abrief, brachte Herminen einen Brief. Er war von Julius. Zitternd erbrach sie ihn.

17.

Noch verbarg die Frau von Wessen, von Ärger, Gram und Angst bedrängt, ihre besten Gerätschaften, als ein Trupp feindlicher Husaren in den Hof sprengte, zum Willkommen mit Pistolen in die Fenster schoss und den angespannten Wagen umringte.

Die Baronin saß bereits, der Töchter gewärtig, in diesem, Julius stand mit ihrem Staubmantel in der Hand vor Augusten, eine Kugel schlug zwischen beiden hindurch. Schnell gefasst warf er das leichte Mädchen auf den Arm und stürzte mit ihr durch die Gartentür den Hügel hinab. Sie wies zum nahen Walde, nach einem Fußpfad hin, der tief in den Forst zu der Wohnung eines Wildhüters führte. Bergab, bergauf schlang sich der unwegsame Pfad und bald verschwanden Kraft und Odem. Die schöne Bürde glitt am Fuß einer Eiche von seinem Arm, er sank erschöpft an ihre Seite. Das Bedenken, mit einem solchen Manne und von ihm verpflichtet in dieser Wildnis allein zu sein, ging in dem Gram über das Schicksal der Mutter, über die höchst gewisse Plünderung des Schlosses, über das unselige Verhängnis ihrer Zukunft unter. Schrecklich brauste jetzt der Donner des Geschützes durch den Hain. Auguste raffte sich verstummend auf und eilte fort. Er stürzte der Besinnungslosen nach und immer dunkler ward der Wald; die Sonne sank, man kam zur Wildhütte. Der alte Jäger erstaunte, die Tochter seiner Herrschaft hier zu sehen, erquickte die Hinsinkende mit Brot und Milch und versprach, bewegt von des Fräuleins befehlender Bitte und dem Golde, das ihm Julius verhieß, sich nach dem Einbruche der Nacht auf die Wessenburg zu schleichen, und womöglich die dort Verlassenen ihnen nachzuführen. Er füllte die Lampe mit Öl, schloss die Türe hinter den Einsamen zu und ging davon. Auguste sah umher, sah dem lauschenden Gefährten ins Auge, untersuchte das Türschloss, schlich weinend auf und ab und warf sich jetzt auf ihre Knie nieder. Sie sprach mit Gott. Laut betete das schmerzerfüllte Mädchen und unwillkürlich falteten sich die Hände des Hörers. Ihr Angesicht verklärte sich; ein leises Amen flog, wie Geistersäuseln, von den Lippen der Beterin.

Julius fasste, als sie sich jetzt mit freudigem Mut erhob, bis zu Tränen gerührt, ihre Hand.

»Wie ist Ihnen denn?«, fragte sie voll zärtlicher Teilnahme und trocknete die Perlen des heiligen Mitgefühls von seinen Wangen.

»Wie dem Gerechten!«, entgegnete er. »Ich glaubte, den himmlischen Gespielen wieder zu sehn, der einst die seligen Träume des Knaben verschönte – den Engel, der in des Kindes Glauben lebte, und mit des Jünglings Unschuld floh. Sie haben da eine Kirche vor mir aufgetan, in der ich, unrein wie der Zöllner, stand.«

»Den fürcht' ich nicht!«, erwiderte Auguste und setzte sich vertrauend an seine Seite. Julius pries, um diesem Vertrauen zu entsprechen und ihre Besorgnisse durch ein ernstes Gespräch zu zerstreuen, den Heilquell des Glaubens. Er sprach von seinem wohltuenden Einfluss auf die Bildung des Herzens; gedachte der väterlichen Lehren, des mütterlichen Vorbildes, der Flut der Sinnlichkeit, die seine Gelübde und die reiche Saat der elterlichen Mühe verschlang. »Plötzlich«, fuhr er fort, denn sie hörte ihm mit Andacht zu, »fasste mich eine Hand. Es war die Hand des Todesengels, der mich am Sarge meines Vaters mahnte. Fremdlinge und Verwandte umgaben ihn; ihre Klagen, ihre

Tränen, ihr Lob weihte seine Asche. Die Feinde selbst ehrten sein geheiligtes Andenken.«

»Und was würden sie denn am Sarkophag des Sohnes sagen?«, fragt ich mich auf dem Wege zu der väterlichen Gruft. »Wo sind die Opfer, die du dem Glauben an die ewige Wahrheit der Tugend gebracht hast? Die Saaten für jene Welt gesät? Die Siege über das törichte Herz errungen? Jetzt zeige die Wunden auf, die du heiltest, die Keime der Fruchtbäume, die du gepflanzt hast! Beschämt, vernichtet, stand ich vor dem innern Richter, wendete den Blick in mein Innerstes und verzweifelte für den Augenblick an der Rettung aus dem verzauberten Schloss, denn an jeden Finger hing sich eine Schoßsünde, die mich nicht lassen wollte. Meine Arme lähmte die Untätigkeit, eine schmeichelnde Vertraute meinen Willen; in jedem Winkel spottete ein Satyr den grämlichen Pedanten aus.«

»Still«, sprach das Fräulein zu dem Beichtsohn. Eben klopfte man an den Fensterladen. Auguste bebte, Julius zog die Pistolen hervor und verbarg das Licht.

»Aufgemacht!«, rief es. Zwar mischte sich ein bittender Ton in die Stimme, aber Satan bat ja schon öfters mit Engelszungen um Einlass. »Ich bin es, guter Jakob!«, versicherte Frau von Wessen.

Julius antwortete an des Wildhüters Statt. Aber die Tür war von innen nicht zu öffnen und der Alte hatte den Schlüssel mitgenommen.

»Sie werden doch eine Hand für mich frei haben«, entgegnete Julie, »um mir durch den geöffneten Fensterladen hereinzuhelfen.« Er folgte schnell dem Winke und zog die Füllreiche nicht ohne Anstrengung, nach manchem fehlgeschlagenen Versuch hindurch. Vergebens hatte Auguste währenddem zu wiederholten Malen nach dem Schicksal der Mutter gefragt.

»Das«, sprach die Schwägerin, als sie jetzt wieder auf ihren Füßen stand, »das kann kein Gegenstand für ein so pflichtvergessenes Mädchen sein, das allem dem, was ihr am teuersten sein sollte, den Rücken kehrt, um mit ihrem Retter davonzulaufen. Verzeihen Sie, mein Herr, wenn etwa die verwünschte Dritte den Erguss der feurigen Dankbarkeit unterbrach.«

»Ihre Verzeihung«, fiel Julius ein, »ist umso überflüssiger, da wir vor Gottes Augen wandelten.«

Der Witwe Hohngelächter empörte ihn. »Vor Gottes Augen!«, wiederholte er. »Wir dürfen keck die bösen Geister Lügen strafen.«

»Was kümmert's mich!«, entgegnete sie. »Lass uns Friede machen und Entschlüsse fassen, denn diese Nacht dauert nicht ewig und meine Kräfte sind erschöpft. Rundum erleuchten feindliche Wachtfeuer den Himmel, nur gegen Osten hin scheint mir der Weg noch frei zu sein.«

Auguste warf sich schluchzend an ihren Hals. »Sage mir«, flehte sie, »wie und wo du die Mutter verließest, denn eine furchtbare Ahnung bedrängt mein Herz.«

»Quäle mich nicht«, entgegnete Julie. »Und wenn dich nun vorhin jemand beschworen hätte, ihm zu sagen, wo die vermisste Schwägerin blieb, was hättest du denn zu erwidern vermocht?«

»Konnt' ich dich aufsuchen?«, versetzte Auguste. »Dem nahen, sichern Tod entflohen wir und tief im Wald erst kam mir die Besinnung wieder.«

»Das ist auch *mein* Fall. Mich aber nahm kein beschützender Mann an sein Herz. Mir selbst überlassen musste ich Rettung suchen, und nur die Schrecken der Nacht, nur die grause Furcht vor Ungeheuern, nur der Gedanke an Woldemars Schicksal begleitete mich. Über mir rauschten die Wipfel wie der Fittich des Würgeengels, aus jedem Dickicht sah bald ein weißer Geist, bald eine blutige Gestalt hervor, und währenddem du hier in schöne Augen sahst, hat mir kein Stern geglänzt, sah ich nur Bilder des Entsetzens.«

Auguste drückte die Hand der Schwägerin an ihre Lippen. »Arme Schwester«, sagte sie, »ich hab auch recht für dich gezittert und gebetet.«

»Dann hat mir freilich nichts begegnen können«, entgegnete diese und lächelte wegwerfend.

»Wie?«, fragte Julius. »Sie könnten die Vorsprache eines so himmlischen Gemüts verschmähen? Die geheime, durch tausend Erfahrungen bewährte Kraft eines feurigen Gebets bezweifeln? Ich für mein Teil muss zur Ehre des guten Geistes bekennen, dass ihn mein Herz in bangen, schrecklichen Stunden, in Lagen, die ich für die äußersten, in Augenblicken die ich für meine letzten hielt, nie vergebens um Licht und Rettung anrief.«

»Ich für mein Teil«, erwiderte Julie, »gestehe dagegen, dass mir bis jetzt der gute Geist der Besonnenheit noch immer viel sicherer als ein feuriges Gebet aus der Not half, aber selbst das eiserne Fatum hat seine Günstlinge und ich zählte Sie schon beim ersten Anblick unter diese. So macht mich denn zur Genossin des Lichts und des Rats, den diese Betstunde vom Himmel herablockte. Mir scheint es ganz ohne Zutun einer Schicksalsmacht höchst geraten, noch vor Tagesanbruch der nächsten Station zuzueilen, und falls sich da um keinen Preis Pferde vorfänden, auf gutes Glück mit der geschlagenen Armee fortzuziehen. Hat ihre Niederlage sie nicht um allen Rittersinn gebracht, so wird er sich gewiss zugunsten junger Damen äußern, die aus verweinten Augen sehen.«

Julius und Auguste entgegneten einstimmig, dass man fürs Erste die Rückkehr des alten Wildhüters abwarten müsse, dem es bei seiner Kenntnis aller Schliche gewiss gelingen werde, die Baronin aus dem Schloss und in ihre Arme zu führen. »Deine Zweifel aber an der Tätigkeit einer höhern, leitenden und erhebenden Hand«, setzte Auguste hinzu, »sind bereits durch die Fassung, mit der du ganz wider Erwarten die Sage von Woldemars Unglück hinnahmst, und durch das Wunder, welches dich durch die Nacht und die Feinde und den unwegsamen Wald in unsere Mitte brachte, widerlegt.«

Schnell erglühend sagte Julie: »Ich fand noch eben Kraft genug in mir, den Triumph der schadenfrohen Missgunst durch Gleichmut und Entsagung zu verkümmern, und unter diesen Umständen in der Nachricht von des Hauptmanns Schicksals den besten Trost.«

Julius setzte sich bereits zurecht, der erklärten, unversöhnbaren Widersacherin die Spitze zu bieten, als der alte Jäger in das Stübchen trat und Augusten ein Billett von der Baronin überreichte.

»Geliebte Tochter«, las das Fräulein mit zitternder, von Furcht und Hoffnungen bewegter Stimme, »ich melde dir, dass sich deine Mutter zwar gleich dem Daniel in der Löwengrube befindet, doch gleich wie er, ganz unversehrt daraus hervorzugehn gedenkt. Es liegt bereits ein feindlicher Oberster in dem Gastzimmer, dessen Ankunft allem Unwesen schnell ein Ende macht. Ich kann die Güte, mit der er hier verfährt, nicht beschreiben und rate Euch deshalb sogleich zurückzukommen, da er nicht allein meine vorgehabte Entfernung gutgeheißen, sondern sich selbst erboten hat, uns in dem zugestandenen Wagen bis über die Vorposten begleiten zu lassen etc.«

Auguste schlug hoch erfreut in ihre Hände, und Julius bot ihr den Arm. »Lassen Sie uns eilen«, sprach er, »denn leicht könnt vor dem Abend noch ein Unhold an die Stelle des menschlichen Schutzgottes treten.«

18.

Der Wagen stand jetzt wieder, als die Flüchtlinge in den Hof traten, wie gestern, angespannt vor der Tür, und die Baronin reisefertig an demselben. »Vor allem«, sprach Julie zu dieser, »lassen Sie uns Erschöpfte erst ein wenig frühstücken, mich dann nach meinen, im größten Wirrwarr verlassenen Sachen sehen und nebenher auch dem Obersten für seine großmütige Schonung danken.« Damit flog sie singend die Treppe hinauf und an dem Zimmer des feindlichen Gastes vorüber. Begierig, das kecke Vöglein zu sehen, welches hier unter der Schärfe des Schwerts noch Sinn für solche Läufer habe, steckte der junge Held den Kopf aus der Türe und fand sich aufs Angenehmste überrascht. Frau von Wessen schien erschrocken, trat ihm mit reizender Demut entgegen, dankte dem Gütigen in den gewähltesten Ausdrücken seiner Sprache, hoffte, sich als die Witwe eines gefallenen Soldaten schonender Rücksichten gewürdigt zu sehn und war nach einem viertelstündigen Aufwand ihrer magischen Künste der willkommensten aller Eroberungen gewiss.

»Soeben«, sprach sie zu der ängstlich treibenden Mutter, »hat mir der Oberste noch den großen Rüstwagen zugestanden, auf den ich alles was wir bereits verloren gaben, packen lassen und Ihnen dann folgen werde. Seine Husaren und der Verwalter sollen mein Schutz und mein Schirm sein. Im Zollhaus erwarten Sie mich.«

Die Baronin erklärte dagegen, ohne sie nicht von der Stelle weichen zu wollen. Da nun der gedachte Rüstwagen fürs Erste einer Ausbesserung bedurfte, so verzögerte sich die Abreise von Stunde zu Stunde, und ward endlich, als sich die Mutter im Gefolge der ausgestandenen Schrecknisse plötzlich von ihren Krämpfen befallen sah, auf einen der folgenden Tage verschoben. Alle außer ihr fanden dabei für den Augenblick ihren Vorteil. Der Oberste hatte nächst dem Ruhm nichts lieber als das *Schöne* und Frau von Wessen gefiel sich vor allem in der

Rolle der Delila. Julius fand in den Offizieren geistreiche, unterrichtete, seinem Sinne zusagende Männer und täglich mehr Veranlassung, der schüchternen Auguste die Einsamkeit, in die sie sich, trotz der anziehenden Gäste, zu seiner höchsten Befriedigung vergrub, erträglich zu machen.

Bald darauf lief auch die Bestätigung von Woldemars Gefangenschaft ein. Er hatte, laut eines vertrauten Briefes des Adjutanten, den Erwartungen, die sein erstes Probestück erregte und der Rolle, zu der ihn seine Beförderung erhob, so wenig entsprochen, sich auf einem Außenposten so zweckwidrig benommen, sich späterhin so unvorbereitet überfallen lassen, dass seine Stelle wie billig bereits vergeben und besetzt worden war.

Plötzlich entstand eines Morgens großer Lärm in dem Hofe und dem Hause. Es gab ein Seitenstück zu Woldemars Aufbruch; eine Ordre, welche den Genius der Wessenburg zu der Armee des Innern abrief, brachte Freunde und Feinde in Bewegung.

Die Baronin bereitete sich jetzt aufs Neue zur Flucht, Julius empfahl dem Obersten auf gut Glück seinen kriegsgefangenen Freund und benutzte dessen Erbieten, ihn mit Wechseln und Nachrichten zu versehn. Sein Brief sprach umso nachdrücklicher für die Verlassene, da ihm Theresens letzte Zuschrift für immer alle Hoffnung auf die Hand ihrer Freundin benommen hatte.

Alles war zum Aufbruch bereit, als Julie in der Mutter Zimmer trat, ihr mit feierlichem Ernst die Hand küsste und sich als die Braut des Obersten auf immer beurlaubte. »Zwar«, sprach sie, »ist der Schritt gewagt; aber in der Liebe ist ja, nach des Meisters Ausspruch, alles nur ein Wagstück. – Zwar bin ich Woldemars Verlobte, der aber sitzt an fernen Wasserflüssen und weiß noch immer nicht, was er will. – Zwar ist mein Bräutigam der feurigste Republikaner, doch wer die Freiheit ehrt, wird auch die Rechte des Weibes achten. Zwar ist er Katholik, doch sind ja seine Götter auch die Meinen und Amor unser Schutzpatron.«

Die Mutter stand verstummt und sah mit gefalteten Händen gen Himmel. »Ihnen, Herr Baron«, fuhr Julie, sich zu diesem wendend, fort, »Ihnen, dessen langweiliger Intrike mein rascher Entschluss über den Graben hilft, wünsch' ich an Augustens Hand das beste Glück und eine Wildhütte, um es auszulassen. Warum errötest du, Gustel? Es ist nichts Gewisseres, als dass er der Deine wird. – Ich seh, Ihr steht auf Kohlen. Gleiches mit Gleichem! Oft genug habt ihr mich auf Nesseln gestellt. Gott segne Sie, *ma mère*, und Ihre Betstunden, Herr Baron und dein Ehebett, Fräulein!« Damit verschwand sie.

Die Baronin eilte ihr nach. Auguste weinte, tief verletzt, hinter ihrem Tuche, Julius neigte sich liebkosend zu ihr herab und sagte: »Möge der Segen dieser unholden Wahrsagerin aufgehen! Ihr böser Wille beförfördert seltsam genug den schönsten Zweck und ich darf nun keck und ohne Zögerung eines Verhältnisses gedenken, das zu den zartesten des Lebens gehörte. Kein Wort also von Gefühlen und Gelübden, die mein Geschlecht so oft zu gewöhnlichen Behelfen herabwürdigt. Sprach Frau von Wessen aus Augustens Seele, so wär' es wohl geraten, die edle Schamröte an meinem Herzen zu verbergen?«

Sie schwieg, er schlang den Arm um ihren Leib. »Auguste!«, sprach er leise und zog das Tuch von dem lieblichen Antlitz. Die blauen, tränenschweren Augen betaueten seine Hand mit warmen Tropfen. »Ich fühl es lebhaft«, fuhr er fort, »dass die Wildhütte zu meinem Glücke hinreichen, dass sich an diesem Herzen alle wilden Wünsche des meinen in sanfte Sehnsucht nach den Hütten des Friedens auflösen würden, und was das Ihre fühlt, verrät dies Auge.«

Auguste lehnte sich still entzückt an seine Schulter und lispelte mit bebender Stimme: »Innige Liebe!«

Er küsste den Mund der diese Worte sprach, unter freudigen Schauern, und eilte Arm in Arm mit ihr der eintretenden, trostlosen Mutter entgegen.

19.

Woldemar war indes von einer gefährlichen Krankheit genesen und sah noch immer, von jeder Nachricht aus der Heimat abgeschnitten, entblößt von Geld und allen Gütern, die das Leben versüßen, der Auswechslung entgegen. Nacht für Nacht erschien ihm Hermine, bald im Glanze der Unschuld, bald als eine weinende, reuige Sünderin. Bald auch täuschten die Entzückungen der Weihnacht den Schläfer, oder die glühende heiß umfangende Julie ward vor den Augen des Erwachenden zur Strohgarbe des Lagers, auf dem ihn die gaukelnde Fantasie hohnneckte. Immer öder und leerer ward sein Inneres. Tagelang sah er, gedankenlos hinstarrend, in den Strom der an dem Kloster, das die Gefangenen barg, vorüberrauschte, und sein Gemüt erlag unter der Bürde der Schwermut. »Sterben! Schlafen!«, rief er mit Hamlet aus. »Das ist eine Vollendung der brünstigsten Wünsche wert.«

»Vielleicht auch träumen!«, sprach Gregor, sein Schlafgeselle. »Nur bette dich gut! Wenn selbst das Leben, wie unsere Weisen sagen, ein Traum ist, so wird es Pflicht, sich immer die angenehmsten zu bereiten. Der Verdruss über diese närrische Welt, die Scham über dies törichte Herz, der Gram über Mangel und Unfälle, haben früher den besten Teil meines Daseins verkümmert und selbst die kleinen, unvermeidlichen Übel zu erdrückenden Lasten gemacht. Endlich erschien mir, spät genug, ein heilsamer Tröster. Er schlug das schwarze Buch der Wirklichkeit vor mir zu, und führte mich in sein Freudenreich. Bist du elend? Hat dich die Freundschaft verraten? Die Liebe betrogen? Dein Feuereifer in Händel verwickelt? Dein Sinn für Recht und Wahrheit die Menschen gegen dich empört? Nun, so flieh aus der Jammerhöhle und folge mir nach.«

»Ich weiß ja wohl«, versetzte Woldemar, »dass deine Kopfwunde bedeutendere Folgen als die meine hatte.«

»Fürchte das nicht!«, entgegnete Gregor. »Tiefer als diese – ach, ganz unheilbar sind die Wunden meines Herzens, doch eine Wundertäterin verbindet sie. Welcher Unsterblichen, frag ich mit dem Dichter, soll der höchste Preis sein? – Der Fantasie! In ihrem Reiche lag das Paradies; in ihm liegt Elisium. Dort sind die Blütenbäume meiner Jugend gereift; dort lebt das Weib, dort stirbt der Freund für mich! Lob sei der Göttin! Ihr Nektar begeistert ohne zu berauschen, ihr Kuss berauscht ohne zu entzaubern; ewig säuselt des Lenzes Hauch durch den Hesperischen Hain und Kühlung um des Wallers Schläfe.«

»So sage denn endlich was du mit diesem Pathos gesagt haben willst? Könnte die Einbildungskraft den Essig des Lebens in Honig, den Kerker zum Faulbett, die Geißel des Schicksals zur samtenen Hand der Charis umschaffen, so wollt ich heute noch jeder bessern Geisteskraft absterben.«

»Wer von dem Farbenspiele seines Gemüts spricht«, versetzte Gregor, »wird der Missdeutung nie entgehen. Zerfallen mit der Gegenwart antizipiert mein Herz das Heil der Zukunft und lebt schon jetzt im Geist auf bessern Sternen.«

Eine Dame rollte pfeilschnell, im Phaeton, an dem vergitterten Fenster vorüber.

»O Himmel!«, rief Woldemar. »Meine Braut!«

»Mein Weib!«, rief Gregor und rieb sich, wie aus einem Traum erwachend, Stirn und Augen. »Ja! – Ja! – Ich wache, sehe, lebe noch und das war Julie.«

»Julie von Wessen«, fiel der Hauptmann ein, »die Witwe eines Offiziers.«

»Witwe?«, sagte dieser. »O wollte Gott!«

Woldemar blickte ihm starr ins Gesicht. Jenes Geschwätz, und diese Äußerungen schienen auf heimliche Verrücktheit hinzudeuten, und dennoch sah ein ruhiger, besonnener Geist aus seinen Augen. »Deine Braut!«, rief Gregor mit einem seltsamen Lächeln.

»Die auf jeden Fall einer von uns verkannt hat«.

»Du nanntest sie bei ihrem Namen. Sie trägt den meinen.«

»Armer Gregor!«

»Sag: Ärmster Wessen – so nenn' ich mich.«

Woldemar schüttelte zweifelhaft den Kopf. »Dein Erstaunen«, fuhr jener fort, »beweist dass du sie kennst und dass sie mich zu den Toten warf. Auch lag ich bereits unter diesen. Eine mitleidige Bäuerin, welche die Opfer des Schlachtfeldes verscharren half, fand noch Spuren des Lebens in dem Verscheidenden und entriss mich dem sanften Erlöser. Ich ward in ihre Hütte getragen, verbunden, gepflegt und kam nur allmählich aus dem finstern Gebiete des Nichtseins zurück. Man hatte mich Unbekannten, zur Ehre des Schutzheiligen meiner Weckerin, Gregor genannt. Ich ward unter diesem Namen in das Hauptspital, und späterhin mit mehrern genesenden Gefangenen in das Innere abgeführt. Mein Zustand verschlimmerte sich von Neuem. Was ich auch, nach der endlichen Herstellung zu meinem Besten tat und sagte, ward als ein Hirngespinst des Wahnsinns belächelt, da man mich nackend, ohne Kennzeichen meines Ranges unter den Leichnamen hervorzog, und ich mich späterhin nur mit diesem Kittel bedeckt fand.«

Tränen stürzten jetzt aus seinen Augen. »Noch leidet freilich mein Kopf«, fuhr er mit fallender Stimme fort, und bedeckte mit der Hand die tiefe Narbe, »doch mein Gemüt leidet noch mehr. Ich habe eine zärtliche Mutter verlassen. Sie wird bitterlich um mich weinen. Eine traute Schwester – tief und herzlich wird sie um den Verlorenen trauern. Ein treulos Weib! – Es wird den Schmerz erheucheln wie einst die Liebe.« Schnell ergriffen sprang er auf. »Sagtest du nicht dass sie hier sei?«

»Mitnichten!«, erwiderte Woldemar und drückte ihn auf sein Lager zurück. »Doch deine fromme Mutter lernt ich kennen und diese Schwester ward mir wert. Ermanne dich nur! Die Rückkehr des Verlorenen wird diese Tränen überschwänglich vergelten und alles schnell zum Besten kehrn.« Aber Gregor vernahm des Trösters Stimme nicht. Er starrte bewusstlos vor sich hin, und vergrub sich tief in sein Stroh.

Woldemar stand noch, von den schmerzlichsten Empfindungen bewegt, vor dem Unglücksgefährten, als der Aufwärter in die Zelle trat und ihm ein geöffnetes Paket übergab, dass seiner Äußerung zufolge ein eben durchreisender Offizier für ihn mitgebracht habe. Er erkannte auf den ersten Hinblick die Hand des Julius und ein freundlicher Sonnenstrahl fiel durch die Nacht der Schwermut in sein Herz.

20.

Der plötzliche Tod des Oheims, welcher kurz nach seiner Ankunft in Pyrmont erkrankte, hatte Herminen schnell zur reichen Erbin gemacht, und sie der traurigen Gewissheit überhoben, sein Vertrauen durch das unabwendbare Geständnis ihrer Lage verscherzt zu sehn. Ein freundliches, in der Nähe jenes Heilquells gelegenes Landgut ward zum Verstecke gewählt, und der Geistliche desselben, der sich am Sterbebette des Oheims die Achtung der Schwestern erwarb, zu ihrem Geschäftsträger gemacht; denn für immer hatte Hermine auf die Rückkehr in ihre Heimat Verzicht getan.

»Die Blätter verbleichen«, sprach sie eines Abends zu Theresen, als die Schwestern Arm in Arm durch den Garten des freundlichen Besitztums schlichen. »Verblich ich doch mit diesen! Kein Meer reicht hin den Flecken auszuwaschen, der Tod allein kann ihn vertilgen. Bescholten und verbannt werd ich vergehen – schnell wie mein Kranz verblühn, und unbekränzt ins Grab getragen werden.«

»Auch die Reue hat ihre Grenzen«, erwiderte Therese, »und der Gram sein Ziel. Die Gattin gab sich nur dem Gatten hin. Er ist der Schuldige, du nur das Opfer. Schon öfter hat ein Fall die Fallende erhoben, ist die Myrte zur Palme, die Büßerin ein Vorbild hoher Tugend worden. – Und wenn mich meine Augen nicht trügen«, fuhr sie fort und zeigte nach der Gittertür, »so erscheint uns eben dort ein hilfreicher Freund.«

Es war Julius, der an Augustens Arm in den Garten trat. Erblassend floh Hermine durch den Laubengang; wo hätte sie den Mut hergenommen sich in dieser Gestalt vor ihm sehen zu lassen.

»Ich komme weit her«, sprach er zu Theresen, »um Ihnen meine Frau vorzustellen, vergebens wies man uns an der Pforte des Paradieses ab. ›Ich bin Gott Vater!‹, versicherte ich und glaub es nun selbst, denn Eva hat sich schnell versteckt. Wohl jeder die ihn nicht scheuen darf! Deren frommen Augen die wunderseltsame Kraft ward, den kecken Versucher in einen ehrbaren Vormund zu verwandeln.«

»Denken Sie mir nicht an jenen Tag«, fiel die junge Wahl seufzend ein, »wir leiden noch an seinen Folgen. Aber den Vormund heiß' ich willkommen und freue mich des Engels, den er dem Glück und seinem guten Rechte dankt.«

»Komm an mein Herz, edles Mädchen!«, sprach Auguste und umarmte Theresen.

»Sie sehn«, versetzte Julius, »dass wir alles erschöpfen, die Pförtnerin dieses Klosters zu gewinnen und ihre Dankbarkeit wird dagegen nichts unversucht lassen, die falsche Scham der mütterlichen Jungfrau zu beschwören, deren Zustand sie in meinen Augen umso reizender macht.«

»Das dürfte ganz unmöglich sein«, entgegnete ihre Schwester, »und ein Mann, dessen Zartgefühl mich ehedem selbst mit seinem unzarten Geschlechte versöhnte, wird eine so seltene Tugend der leidigen Neugierde nicht zum Opfer bringen wollen.«

»Sie bedürfen eines Mannes Rat!«, sprach er ernst werdend.

»Den liefert das Pfarrhaus.«

»Und bald auch – den Herrn Paten.«

Errötend kehrte sich Therese zur Baronin, die ihn mit einem Fächerschlag zur Ruhe wies. »Wenn ich hier nützlich sein könnte«, sprach sie zu jener, »so nehmen Sie mich auf, denn mein Mann hat eine Geschäftsreise vor und ich war so lange schon mit dem Fröhlichen froh, dass ich recht gern wieder ein Weilchen mit dem Weinenden weinen möchte. Dieser Wechsel hat sein Gutes und man bedarf ja vielleicht auch, früh oder spät, teilnehmender Seelen.«

»Sie sind ein Bote von Gott gesandt«, erwiderte Therese, »und diese großmütige Herabneigung wird ein verstörtes, in edle Scham versunkenes Gemüt viel schneller als mein längst verbrauchter Trost erheben.«

»Mir ist«, sprach Julius, »bei allem dem ganz wunderbar ums Herz, und mein Innerstes mit dem tiefsten Groll gegen den Urheber dieser Pein erfüllt, der um jeden Preis alles gutmachen soll!«

»Meines Mannes Reise«, versicherte Auguste, »hat diesen Zweck.«

Therese weinte jetzt und sagte: »Dieser Urheber bin ich!«

»Oder der Himmel«, entgegnete Julius, »der Sie zum Ebenbild der Schwester schuf, oder die Hölle vielmehr, die da ganz ohne Mühe eine Saat himmlischer Freuden mit Unkraut bedecken konnte. Aber, gute Wahl, mir ist leid für die Leidende. Sie fühlt zu tief, um nicht auf Kosten ihres Lebens zu empfinden. Es wird in diesem Sturm versinken.«

»Das ist's, was ich fürchte«, klagte diese.

»Ich fürchte nichts!«, sprach die Baronin. »Wir sind zum Schmerz berufen; verstören nur – zerstören wird er nicht. Wir Unschuldige sind gemacht, die Sünde dieser Welt, die Schuld der Schuldigen zu tragen.«

»Für die Wahrheit küss' ich Ihre Hand!«, rief Therese. Der liebende Gatte tat ein Gleiches, sie schlang den Arm um beider Nacken, die Wangen der Umfangenen berührten sich.

»Therese«, flehte Julius, »bei dem schönen Sinn dieser Gruppe beschwör ich Sie, mich Ihrer Schwester vorzustellen; mich wenigstens nur ihr liebes, leidendes Gesicht sehn zu lassen. Der Anblick soll mich stärken für meine Zwecke und der tätigste ihrer Freunde verdient ja doch, ich fühl' es lebhaft, diese Güte.«

Da trat Hermine plötzlich, einem Geiste gleich, hinter der Hecke hervor und neigte sich laut weinend an seine Brust. »Sie haben viel für mich getan«, sprach sie mit gebrochner Stimme, »mehr als ich je vergüten kann; doch diese holde Frau wird es vergüten. Ich stehe am Grabe, Julius; es ist mein letzter Dank! Und auch den letzten Segen leg ich in Ihrem Herzen nieder. Ich bin nicht mehr, wenn Sie *ihn* wiedersehn.«

Tränen füllten seine Augen. Hermine drückte des Freundes Hand, und einen Kuss auf seine Lippe. »Teilt Euch in diesen!«, sprach sie mit dem Flötenton der innersten Wehmut und sank erbleichend an Theresens Herz.

»Leidende Heilige!«, rief Julius erschüttert aus. »Der lichte Geist der Hoffnung umschwebe Sie! Wenn ich zurückkehre, wird sich ein Blümchen an die Rose schmiegen, und der entzückte Gatte, wie Hüon vor Amanden stehn.«

»Ich werde vor Gott stehn«, erwiderte sie, »und Ihr gerührt an meinem Grabe.« Julius verwies ihr die bangen Zweifel und machte sich reisefertig.

»Lebe wohl!«, sprach die tiefbewegte Auguste und floh an den Hals ihres scheidenden Gatten. »Dem Herrn befehl ich deine Wege!« Umfangend hob er sie empor. »Lebe wohl!«, flüsterte sie. »Mein Liebling, meines Lebens Licht! Meine Wonne!«

Als Julius verschwunden war, fasste Woldemars Braut die Hände der neuen Freundin und der Schwester, drückte beide an ihr Herz und sprach: »Wie sanft wird sich's in diesen Armen sterben!«

21.

Dem Briefe des Julius, welchen der Aufwärter dem Hauptmann überbrachte, war ein kleines, mit Bleistift geschriebenes Blättchen, von der Hand der Frau von Wessen beigefügt. Es beschied den Vertrauten mit dem Schlage der bezeichneten Abendstunde in den Gasthof wo sie abtrat, und mehr als eine Triebfeder drängte ihn, der Einladung zu folgen. Woldemar fand sie allein, schöner als je, in einem idealischen Nachtkleid und ward mit bräutlicher Traulichkeit von ihr umfangen.

»Ihr Selbstgefühl«, sprach sie, als er an ihrer Seite Platz genommen hatte, »wird mir für die Großmut Dank wissen mit der ich mein höchstes Gut, den Liebling meiner Seele, einer heiligen, gebietenden Rücksicht zum Opfer bringe. Lob sei dem leichten Sinne, der mir dies Opfer möglich und den Verlust erträglich macht. – Auch Sie«, fuhr Julie, als sein stoischer Gleichmut die Antwort verzögerte, mit süßem Lächeln fort, »auch Sie gewinnen offenbar, denn ein so fehlervolles Weib ist nur für kurze Flitterwochen gut und jungem Weine gleich, der schnell begeistert, aber Kopfweh macht. Sie nicken? Das ist ehrlicher als galant, und auch ich will ehrlich sein. Wie innig hing mein Herz an diesem Woldemar. Wie gern hätt' ich das Süßeste mit ihm geteilt, doch er verstand mich nicht, zagte nur, wo er begehren sollte, und zittert vor dem schönsten Verhältnis. Mag eine Prüde sich mit kalter Tugend brüsten, ich schlage schamrot an dies warme Herz. Ach, nur die Dankbarkeit gewann das Ihre, nur der redliche Wille ein geträumtes Gelübde zu erfüllen, nötigte diesem Munde die längst bereuete Verheißung ab. Doch jenes hatte meine Leidenschaft erfunden und diese geb ich hier zugunsten einer weinenden Braut zurück. Um endlich die Erinnerung an mich nicht zu den schmerzlichsten Ihres Lebens geworfen zu sehen, wird sich mein künftiger Gemahl für Ihre Befreiung verwenden.«

»Das war ein Wohllaut!« Woldemar lächelte wieder, dankte, lauschte, erfuhr mit Verwunderung wie eigentlich Augustens blaues Band in seine Nähe kam und sagte, mit dem Geist dieser Burg versöhnt: »Ein Vertrauen ist des andern wert, und nicht bei mir darf die großmütige Verwendung dieses sogenannten, künftigen Gemahls beginnen. Vor allem bieten Sie die Hand um den bisherigen zu retten. Noch lebt ihr Wessen, er ist hier. Seit wenig Tagen teil ich mein Stroh mit ihm, und auch sein Unglück.«

Julie sah ihn verblassend an, und eben führte Woldemar den Beweis, als plötzlich Waffen auf dem Saale klangen und die kleine Tochter des Wirts ein leises »Sauvés vous!« ins Zimmer rief. Der Polizeibeamte folgte der Warnerin auf dem Fuße nach und nahm die Frau von Wessen als Gefährtin des verdächtig gewordenen Obersten und nebenher auch den Gefangenen in Verhaft. – Verhaft und Guillotine aber waren, in jener Schreckenszeit fast immer Synonyme.

22.

»Da siehst du nun«, sprach Therese, und hob die Wiege vor das Bett der tief bewegten Mutter hin, »wie wenig Glauben auch die bängste Ahnung verdient. Wir zitterten, von deinem Beispiel angesteckt, vor der entscheidenden Stunde; aber sie nahm unsern Kummer mit, und gab uns diesen Liebesgott. O Hoffnung, o Geduld! Ihr seid die Perlen unsers Kranzes.«

Auguste weihte den Knaben mit stillen Segnungen, Therese ihn mit lauten Küssen, Hermine mit heiligen Tränen ihr Ebenbild.

»Zwar«, sprach Auguste, »sind die Männer die begünstigten Schoß-kinder des Himmels, aber wiegt wohl ihr höchster Genuss, ihr süßester Rausch, ihr schönster Gedanke das Entzücken einer Mutter auf?«

»Die Männer«, fiel Therese ein, »sind wilde Bäume, und höchstens nur zum Rauschen gut, bis sich die Dryas naht und sie begeistert.«

»Potz tausend«, rief Auguste, »das ging hoch.«

»Aber vom Herzen! Ist auch das Bild gesucht, so passt es doch und der Himmel verzeihe jeder, die ihnen zu viel tut. Ich glaube, das hält schwer. Die Undankbaren! Mit einem hoffärtigen ›Ich danke dir Gott!‹ sehn sie auf unsere Kinderstuben nieder und in dem sanften, wachen-den, erhaltenden Schutzengel des Hauses nur die gebrechliche Dienerin ihrer Begierde. Des Heldentods der schmerzenreichen Mütter wird kaum gedacht; weder der Ruhm noch ein Ehrensold vergilt unsere Entbehrungen und unsere Opfer – Geräuschlos bringen wir die größten dar; ruhmredig prahlen *sie* mit den kleinsten. Fast immer folgt ihnen die Vergeltung auf dem Fuß, wir werden fort und fort an eine andere Welt verwiesen.«

»Dein Eifer, Mädchen, hat das Kind erweckt«, schalt Auguste und legt' es an der Mutter Brust. Hermine versank in dem Anschaun des Lieblichen und vergab sich jetzt die schwache Stunde. »Wie hold du bist«, sprach sie, den Schmerz vergessend. »Wie diese Augen glänzen – die Lippe lächelt schon! Als hätt' ihn mir die gute Fee gebracht.«

Die Freundinnen stimmten bei; der Kleine ward, wie einst Latonens Sohn von den Göttinnen, bewundert, geliebkost und gewiegt. »Ich wollte«, sagte jetzt Therese, um die erschöpfte Schwester einzuschläfern, »dass es noch Feen gäbe, das Leben wäre dann um eins so schön. Meine Gräfin hatte ein altes Buch voll solcher Märchen, es war bei Weitem besser als manch Dutzend unserer Zauberromane. – Die Fin-gerzeige der weisen und mächtigen Balsamine haben mich oft mit dem Schicksal versöhnt und mein Herz von der Sucht der Wünsche, von dem Verlangen nach den scheinbaren Gütern des Lebens geheilt. So spricht sie unter anderm einst, nach der Feen Weise, als altes Mütter-chen, Fräulein Amanden um ein Almosen an. Amanda, welche eben in Tränen schwimmt, begabt sie reichlich und wird nun in aller Demut gefragt, warum sie denn die Rosen und Lilien ihres lieblichen Angesichts mit dieser Perlenflut betaue? Die Herzlichkeit der Alten erweckt Vertrauen. ›Eines Liebhabers wegen!‹, sagte Amanda. Ist er denn unbeständig? Treu wie Gold! – Eifersüchtig? So will sie ihn. – Arm? Unglücklich? Gefährlich krank? Mitnichten! Gesund und reich, und ganz wie er sein soll, aber alle diese Vorzüge werden von seiner Hässlichkeit verdunkelt. ›Zwar bin ich ihm‹, versichert sie, ›dem unbeschadet vom Herzen gut, doch die Schwestern und Freundinnen werden nicht müde, meines Geschmacks zu spotten, und lächeln schadenfroh, sooft er mich die Seine nennt. Wag' ich es dann, der Lieblosigkeit zum Trotz, ihm unter mehr als vier Augen ein schönes Wort zu sagen, oder wohl gar einen Kuss auf seinen ungebührlich großen Mund zu drücken, so greift die eine nach ihrem Tuch, die andere kichert hinter ihren Fächer, die Dritte lacht ihr Strickzeug an und meine Schamröte verwundet sein Innerstes.‹

Balsamine schlich jetzt zum nahen Kreuzweg hin, pflückte dort nach langer Wahl ein grün und gelbes Blümchen, kam zurück und sprach: ›Das *Gute* war immerdar heilbringender als das *Schöne* und ein reizloser Mann viel reizender als zehn Wertlose; doch wächst für den gedachten Übelstand ein wundersames Hausmittel am Wege, das du nach Belieben gebrauchen magst. Hat dein unlieblicher Freund zu dreien Malen an dies Blümchen gerochen, so wird er schnell genug der Schönste aller Schönen werden.‹ Amanda glaubte sich gefoppt und suchte die Vorlaute durch einen wegwerfenden Blick zu entfernen, Balsamine aber legte das grün und gelbe Wunderblümchen auf ihren Schoß und sagte: ›Nur siehe zu, was du tust, denn manches Übel ist ein Gut. Schon mancher warf mit der stinkenden Muschel die köstliche Perle weg und den Kern statt der Schale. Treuherz folgt in Not und Tod, aber Schönlieb ist aller Mädchen Schatten.‹ Das Fräulein sprach: ›Es ist schon gut, sie kann nun gehn.‹ Die Alte ging, Amanda sah ihr nach und ihren Amatus in der Allee herabkommen. ›Die Schwestern haben recht‹, gestand sie sich, ›er wird von Tage zu Tage garstiger. Kein Ziegeuner kann bräuner, keine Mohrennase stumpfer, kein Judenkinn verletzender sein.‹ Amatus sah von Ferne schon die Falten ihrer Stirn, die hängende Unterlippe, den starren, auf ihre Arbeit gehefteten Blick und setzte sich seufzend an ihre Seite. Sie seufzte auch und schob die Tränen, die sich unaufhaltsam in ihre himmelblauen Augen drängten, auf Rechnung eines heftigen Schnupfens. Er suchte sie durch die Versicherung, dass sich jedes heftige Übel in der Regel am schnellsten erschöpfe, zu erheitern, spielte mit ihrer Busenlocke und langte bald darauf auch nach dem seltsamen Blümchen, das noch auf ihrem Schoße lag. ›Wollte Gott‹, dachte sie und sprach im Scherze ›Riech einmal!‹

›Es riecht nach gar nichts!‹, versetzte er, und drückt' es tief in die hässliche Stumpfnase. ›Es kribbelt nur!‹

›Ist's möglich?‹, rief Amanda in ihre Hände schlagend. ›Ja, ja, sie wächst! Ich seh's genau; die Nase streckt sich! Mehr verlang ich nicht!‹ Aber schon verschmolz der schwarze Stachelbart in blaue Schatten, die weit geschlitzten Lippen schlossen sich zum Rosenkelche, des Herzens sanfte Flamme strahlt' aus dem verklärten Augenpaar, und als ihm die Ungenügsame das Blümchen zum dritten Mal hart vor die umgeschaffene Nase hielt, wich das Mulattengelb dem herrlichsten Inkarnat der je einen Feengünstling verlieblichte, wurden die rötlichen Lichtspieße zu goldenen Locken, formte sich der vieleckige Scheitel zum Apollonskopf um.

›O du Göttlicher!‹, rief das Fräulein, erfreute ihn mit feurigen Küssen und beschwor den Verwunderten, sie heute auf den Ball zu begleiten.

Amatus war entzückt, den Dämon ihrer Laune so schnell entfliehen zu sehn und gab Amanden stracks den Arm. Ihm war, als hab er immer so ausgesehn und allen Freundinnen und Bekannten, als hab ihnen nur von der Hässlichkeit des engelschönen Mannes geträumt. – Jetzt lächelte, statt der Spottsucht, das Verlangen aus diesen; jetzt hatte jede die sonst auf alle Tänze versagt war, die besten für ihn aufgehoben, und die ihn gestern noch wie einen Unhold flohn, suchten den unsteten heute mit allen ihren Zauberkünsten festzuhalten.«

»Leiser«, bat Auguste, »sie schlummert sanft.«

»So schlafen wir auch!«, entgegnete die Erzählerin und setzte sich, erschöpft von Nachtwachen zurecht, um nun ein wenig auszuruhn. Die Baronin aber, der das Märchen gefallen hatte, versicherte, sie werde sich durch diesen unzeitigen Schlaf die Nacht verderben, und auch Hermine schlug jetzt die sanften Augen auf, und erbat sich die Fortsetzung.

»Wenn Ihr es denn befehlt, gnädige Frauen«, sprach Therese, »so will ich in der wunderseltsamen Geschichte des grünen und gelben

Blümchens fortfahren und wünsche nur, dass mein ungeschicktes Bestreben, Eure Nachsicht verdienen mögen.«

Auguste nickte lächelnd, Hermine warf ihr einen Kuss zu und diese sprach:

»Ihr könnt glauben, dass sich Amanda vor Freuden nicht zu fassen wusste, wenn die eine sie die beneidenswerteste Braut nannte, die andre nicht müde ward ihr jeden seiner Reize vorzuzählen; wenn eine Dritte, Vierte und Fünfte bei jeder Liebkosung, die er Amanden brachte, aus Missgunst teils und teils aus Mitgefühl errötete. Aber die Freude der Eigensucht ist ein flüchtiger Wildfang. Er fliegt am Arm der eitlen Hore fort und keine Fessel bindet ihn.

Immer hatte der Vielgetreue sonst, von den Grazien gemieden, des Winkes seiner Braut gewärtig gestanden, jetzt musste sie oft stundenlang den zarten Hals verlängern, um ihn im dichten Mädchenkreise auszuspüren. Sonst labte er sie während der Tänze mit Tee, kredenzte ihr bei Tafel den Wein und den Kühltrank, jetzt trank er diesen, erhitzt vom Walzer selbst, und hatte dann so viel mit seiner Mühmchenschar und ihren Nachbarinnen zu verkehren, dass die Vergessene oft voll Ingrimms in den Fächer biss.

Sonst pries er sich selig, sein gewaltiges Haupt auf dem Halse einer Huldgöttin wiegen zu dürfen, jetzt scheinen diese Wiegen im Preise gesunken und Hände, die ihm sonst im Pfänderspiel bald Schnippchen schlugen, bald in die Wade stachen, lockten den verwandelten Amatus jetzt, der Taube gleich, mit sanften Flügelschlägen. Bald schwindelte ihm der Apollonskopf, die Weibergunst blies ein Licht seines Verstandes nach dem andern aus; nur wie zur Frone schlich er nun mit dem geteilten, erkälteten Herzen zu der schmollenden Braut. Die fromme Gutmütigkeit, die reine Treue, die sittliche Güte, der schöne Kranz seltener Vorzüge, über dem Amanda früher oft die vermisste Blume der Körperschönheit vergessen hatte, war bis auf die letzte Spur verschwunden.

Die getäuschte Braut verwünschte ihre Übereilung, sah täglich nach allen Winden hin der alten Bettlerin entgegen und in jedem Spitalweibe Balsaminen. Aber diese ließ sich weder hören noch sehen.

Als endlich das zerfallene Paar eines Abends wieder in finsterer Zwietracht auf der Rasenbank saß, fiel Amanden am Schluss ihrer Gesetzpredigt, die, gleich allen Predigten, wo nicht ungehört, doch unbeachtet blieb, der Kreuzweg ins Auge. Sie gedachte des Störenfrieds, welchen das Mütterchen dort gepflügt hatte, sammelte von einem Gedanken überrascht, die ganze Flora dieses Platzes in ihre Schürze, trat vor den schweigenden Flattergeist hin und sprach: ›Wie kräftig! Riech einmal!‹ Spöttisch warf er den Kopf in die Höhe, Amanda aber flehte jetzt so liebevoll und hob ihr Schürzchen so hoch empor, dass Amatus endlich der unschuldigen Bitte nachgab, zu ihrer Verzweiflung immer noch schöner ward, und nach öfterm Gähnen plötzlich davonging. Sie sah ihm hoffnungslos, wie damals Balsaminen nach, und o Himmel, da kam die Fee ganz unverhofft am Krückenstabe in der Allee herab. Amanda griff zu ihrer Arbeit und tat, als habe sich kein Wässerchen durch ihre Schuld getrübt.

›Guten Abend, schönes Fräulein!‹, sprach das Mütterchen. ›Ich seh ihr weint nicht mehr, und werdet mir nun umso williger eine Gabe reichen.‹

›Ich wollte alles was ich habe, darum geben‹, entgegnete Amanda, ›wenn mein Liebster noch hässlicher als zuvor, und wieder der Alte wäre. Euer verwünschtes Blümchen hat nichts als Unheil angestiftet, und wenn Ihr mich lieb habt und Euch mein Unglück zu Herzen geht, so sorgt dafür dass er künftig nur mir gefalle, denn wenn auch seine Nase den Kunstsinn nicht befriedigte, so würde ich ihn doch viel lieber ganz ohne diese, als in einer so hoch stehenden sehen; auch zieh ich jetzt ein Auge, das liebevoll an meinen Winken hängt, und wäre es grau und schielend, den schönsten Sternen vor, die ohne Auswahl allen leuchten.‹

›Ihr hättet bedenken sollen‹, sprach die Fee, ›dass es auf Erden keinen Gewinn ohne Verlust, kein Licht ohne Schatten geben kann, und dass die reichsten Geschenke der Natur, in der Regel, durch die hässlichsten Fehler verdunkelt oder aufgewogen werden. Die Vollkommenheit, schönes Fräulein, erscheint hienieden, gleich dem Silberblick edler Metalle, nur wie ein flüchtiges Meteor, und der Phönix ist kein Spielzeug für Kinder, die noch, wie Ihr, dem unscheinbaren Kleinod einen rotbäckigen Hampelmann vorziehn.‹

Das Fräulein gab ihr in allem recht, bat aber flehentlich um irgendein anderes Blümchen, das den unseligsten aller Zauber zu lösen, und ihren Amatus wieder so hässlich, aber dabei auch wieder so gut als zuvor zu machen vermöge. ›Euer nächster Kuss‹, erwiderte Balsamine, ›wird, wenn es Euch anders Ernst damit ist, die Wirkungen des Blümchens aufheben, nur sehet, zu was ihr tut, denn wer nach dem Unvergänglichen strebt, darf kein Opfer scheun, und den Götzen nicht schonen, wenn er die Götter versöhnen will. Am Ende könntet Ihr mich wohl wie gestern verwünschen und ich würde dann ganz unfähig sein, ein so bestandloses Herz zum dritten Male zufrieden zu stellen. Aber seht, dort kommt Euer Ungetreuer mit einer ganzen Schar lockender Jungfrauen in der Allee herab. So lebt denn wohl, armes Fräulein und fortan in der festen Überzeugung, dass nur ein bösartiges Gemüt den Menschen entstellt, ein edles hingegen auch über die entschiedenste Hässlichkeit einen gewinnenden Zauber verbreitet.‹

Amanda vernahm diese Worte kaum und bemerkte das plötzliche Verschwinden der Fee umso weniger, da ihre gefährlichste Nebenbuhlerin an seinem Arme wandelte und die andere ihm ein Liedchen vorsang, dass die Sehnsucht des liebekranken Herzens aussprach. Sie rauschte einer Windsbraut ähnlich, nach der Allee hin. Amatus ließ, von dem Anblick bestürzt, den Arm der Begleiterin aus dem seinen fallen und fühlte seine Lippe mit tausend gierigen Küssen bedeckt. Der Mädchenkreis schlich spöttelnd und beschämt abseits, sie aber lachte laut, als das Antlitz des Geküssten plötzlich in die frühere, abschreckende Form zurückschnellte. Sie lachte zu früh.

›O Himmel‹, rief jetzt Amatus, ›wie siehst du aus? Was ist meiner Amanda begegnet? Welcher schadenfrohe Zauberer hat dich Arme in einen Spiegel verwandelt der mein abstoßendes Ebenbild zurückwirft?‹ Erblassend warf Amanda einen Blick in den Bach der zu ihren Füßen wallte, und sank bewusstlos an ihm nieder, denn Amatus hatte recht.

›Ermahne dich!‹, bat er, als das frische Wasser mit dem er die Verwandelte besprizte, sie aus dem Scheintod des Entsetzens erweckte. ›Wir wollen nun recht glücklich sein! Mir ist aus der Götterlehre bekannt, wie es dem Hässlichen erging, als es sich mit dem Schönen vermählt hatte, und welche Rolle dem armen Vulkan an der Seite der Liebesgöttin zuteil ward. Dieser Sorge seh ich mich jetzt auf immer überhoben und Ergebung in das unbeugsame Schicksal wird Amanden in meinen Augen viel reizender als vorhin machen.‹

Die Unglückliche beweinte jetzt ihr törichtes Beginnen und fast ging ihr der doppelte Verlust ihres schuldlosen Freundes mehr noch als der eigene, verschuldete zu Herzen. Der Bräutigam aber war nie fröhlicher gewesen und die junge Frau bereits seit Jahr und Tag mit dem Schicksal versöhnt, als ein engelschönes Kind sie für das mannigfache, aus dem Verkehr mit der Fee erwachsene Unheil entschädigte. Kaum hatte Amanda den Kleinen an ihr Herz gedrückt, als sie plötzlich wieder schöner denn je ward; kaum neigte sich der gerührte Gatte zu dem Engel nieder, als ihm dasselbe widerfuhr. Das liebende Paar umarmte sich, still entzückt, über dem Kinde und ich Ungeliebte bitte die gütige und weise Balsamine, dass sie meine gnädigen Frauen sowohl als diesen kleinen Feesohn in ihren freundlichen und mächtigen Schutz nehme.«

»Allerliebst«, sprach Auguste, »und dir beschere sie einen Amatus.«

Hermine, die zu schlummern schien, richtete sich plötzlich auf und sprach: »Es ist nicht gut, dass Ihr es wagtet, mich so plötzlich, so ohne alle Vorbereitung zu erfreuen. Aber, warum zaudert Er denn? Führt ihn doch näher – her an mein Herz! Ach, du Geliebter!«

Auguste und Therese sahen sich betroffen an und nach der Türe hin, an der Herminens Augen fest hingen, dort aber ließ sich nichts erblicken und die Kranke sank mit geschlossenen Augen in das Kissen zurück.

23.

Hermine hatte in den folgenden Abenden genau um dieselbe Stunde dieselbe Vision und versank darauf jedes Mal in einen tiefen Schlaf, ohne sich beim Erwachen des Vorgangs bewusst zu sein. Augusten fasste allgemach das Grauen, wenn die bleiche Dulderin oft mitten unter traulichen Gesprächen nach irgendeinem dunklen Winkel des Zimmers hinwies und getäuscht von Sehnsucht und Fantasie den Gatten ihres Herzens im leeren Raum sah. Der Arzt verschrieb, demonstrierte, tröstete und unterhielt die Damen mit ähnlichen Beispielen, die sie immer noch furchtsamer machten und Therese kehrte bereits in der Stille zu dem verworfenen Glauben an die Möglichkeit sogenannter Ahnungen zurück und sah von Tage zu Tage einer Trauerpost entgegen.

Eben nahte sich der Zeiger eines Abends der Geisterstunde, als Hermine die Schlummernden mit angsthafter Stimme bei ihren Namen rief und sie bat, die Gardine des Fensters aufzuziehen, »denn es hat«, setzte sie unter Schauern hinzu, »zu wiederholten Malen leis' und seltsam an die Scheibe geklopft.« Beide Freundinnen eilten an ihr Bett hin, sprachen ihr zu und hörten beide jetzt an der bezeichneten Stätte dasselbe Klopfen.

»Ich wache schon seit einer Stunde«, entgegnete Hermine, »bin ohne Fieber und habe mit Entsetzen, leise, klägliche Seufzer vernommen, die dem Klange der Scheibe vorangingen. Fürchtet Ihr Euch, so ruft die Wärterin, denn dass ein Mensch oder ein Geist vor ihm lauscht, ist außer Zweifel.« Die Wärterin, welche in der offen stehenden Kammer schlief und von dem Gespräch erwacht war, kam jetzt herein, glaubte, vertraut mit Herminens Zustand, die Kranke durch Erfüllung ihres Willens zu beruhigen, zog die Gardine rasch empor und fuhr mit einem Angstgeschrei zurück. Ohnmächtig sank Auguste am Bette nieder, Therese verbarg ihr Gesicht in den Kissen der Schwester, Hermine aber wendete sich erbleichend nach der Wandseite und lispelte: »Er hat vollbracht.«

24.

Julius eilte indes mit Pässen einer neutralen Macht und geltenden Empfehlungen ausgerüstet, nach der Grenze und traf in Straßburg auf einen Offizier von dem Gefolge des Obersten, der in jenen stürmischen Tagen auf der Wessenburg sein täglicher Gesellschafter war. Er ging soeben, dem Tod entronnen, zur Armee zurück, erzählte ihm, dass der unglückliche Oberste die humane in Feindesland geübte Schonung mit dem Leben habe bezahlen müssen, dass er selbst nur durch Zufall demselben Schicksal entgangen, und dass der Entschluss, sich einem Freund zuliebe in den Strudel dieser tobenden See werfen zu wollen, mehr als tollkühn sei. Der Offizier schilderte ihm das Reich der Schrecken mit so lebhaften Farben, verhieß ihm den gewissen Tod mit so reger Zuversicht, stellte ihm die Nutzlosigkeit dieses Wagstücks so klar vor Augen, dass Julius die Erfüllung der Pflichten gegen sich selbst jeder entferntern vorzog. Er kehrte fürs Erste zu seiner Schwiegermutter zurück, welche wieder auf der Wessenburg hauste, die zufolge geschlossener Verträge jetzt auf neutralem Gebiete lag, unterrichtete Augusten schriftlich von der Vergeblichkeit seiner Bemühungen und von der Notwendigkeit, die gehäuften, durch den Krieg verstörten Angelegenheiten der Baronin in Ordnung zu setzen.

Vergebens hatte er bei jenem Zusammentreffen mit dem feindlichen Freunde nach Woldemars Schicksal geforscht, denn der Offizier war kaum freigesprochen, als er ohne Zögerung auf das Feld der Ehre zurückeilte. Er wusste nur, dass es der schönen Frau von Wessen, kraft ihrer Reize, ihrer Geistesgegenwart und Gewandtheit gelungen sei, den Blutdurst der Richter in milde, menschliche Schonung zu verwandeln, und dass man sie zugleich mit jenem auf freien Fuß gesetzt habe.

25.

Julius fand bei seinem endlichen Eintritt in Herminens Asyl, Theresen in Tränen, seine Auguste der weißen Rose gleich und die Kranke noch bettlägerig. Jene sah nicht ohne tiefen Schmerz, die teure vielgeliebte Schwester allmählich vergehen, diese sah den Freuden der Mutter entgegen, Hermine duldsam und ergeben in das offene Grab. Der Geist des Geliebten war seit jenem Abend gewichen, selten nur gedachte sie seiner und auch dann nur wie die Erinnerung eines längst verschiedenen Jugendgespielen gedenken mag. Auguste hatte nach dem Ergusse der ersten Begrüßungen nichts Wichtigeres als ihren herzgeliebten Gatten von allem was sie hier erfuhr, empfand und leistete, von Herminens Zustand und der Erscheinung jener Nacht zu unterhalten. »Welchen Zuwachs«, fuhr sie fort, »meine natürliche Bänglichkeit unter diesen Eindrücken und Umgebungen erleiden musste und unter welchen Empfindungen ich in jener Schreckensstunde nach der Gardine hinsah, wirst du selbst fühlen. Aber denke dir auch jetzt mein Entsetzen, als der Vorhang nun aufrauschte und ein bleiches Gespenst durch die Scheibe sah. Der Sturmwind hob ihm die verwilderten Haare gen Berge, sein Stöhnen zerriss mein Ohr, mein Auge ward von bekannten Zügen festgehalten und als ich der Sinne wieder mächtig ward, hatten die Bedienten bereits den Garten durchsucht, hatten ein halb erstarrtes, in Lumpen verhülltes Schreckbild unter dem Fenster aufgefunden, und den Unglücklichen in das Gewächshaus gesperrt. Noch lag Hermine sprachlos da und zeigte zu der Kirche hin. Wir sandten nach dem

Geistlichen. Er hörte mit Erstaunen, was uns begegnet sei, vernahm die Bedienten, ließ sich in das Gewächshaus führen und bereitete mich nach der Rückkehr aus diesem auf das Dasein meines tot geglaubten, beweinenswerten Bruders vor, den er sofort für den Augenblick bei sich aufnahm.« Julius fasste voll Erstaunen ihre Hände. »Eine Wunde«, fuhr Auguste fort, »deren Narbe sich über die Scheitel bis in den Nacken hinabzieht, ist die wahrscheinliche Quelle seines Wahnsinns, denn bis jetzt nur wenig lichte Augenblicke unterbrachen. Er vertraute dem Pastor während eines solchen, dass er schon halb begraben, durch das Mitleid einer Bäuerin gerettet, geheilt, in das Innere Frankreichs abgeführt worden sei; dass ihm der heilige Gregor erschienen, ihm zur Flucht behilflich gewesen sei; dass sein Aussehn, sein Zustand und das Geleite des Heiligen ihm den Weg gebahnt habe. Er will zuerst auf der Wessenburg gewesen, dort nicht eingelassen worden und von den Hirten hierher gewiesen worden sein. Auch hier fertigt der Gärtner den sinnlosen, scheinbar wilden Mann vor der Tür ab, er aber steigt bei Nacht über die Gartenmauer, schleicht zu dem erleuchteten Fenster hin und veranlasst die schrecklichste aller Szenen.«

»Gern, ach, gern«, setzte die Baronin unter herzlichen Tränen hinzu, »wär ich längst an seinen Hals geflogen und hätt' ihm die gesuchte, lang entbehrte Schwester finden lassen, aber der Pastor gestattet es nicht und besteht auch darauf, die Mutter in dem Glauben an seinen Tod zu erhalten. Darum verschob ich die Mitteilung dieser erschrecken den Neuigkeit bis auf deine Herkunft, und du wirst dir nun leicht er klären können, warum wir, trotz des Dranges deiner Geschäfte und der Triftigkeit deiner Gründe, auf dieser bestanden.«

Julius säumte nicht, sich von dem Dasein eines so merkwürdigen als schreckenerregenden Verwandten zu überzeugen, fand ihn tief im Stroh vergraben, das er dem einladendsten Bette vorzog und den Leibes- wie den Seelenarzt an seiner Seite. Jener erklärte ihn, kraft den Folgen der Wunde, welche das edlere Gehirn verletzt habe, für unheilbar, und man kam überein, den Unglücklichen einer nahen Versorgungsanstalt zu übergeben. Tief bewegt kehrte der Baron jetzt an Herminens Bett zurück, die ihm mit Innigkeit ihre brennende Hand reichte, ihm ihr liebliches Kind an das Herz legte, und den Freund mit süßen, tief eindringenden Worten bat, das nahe Weihnachtsfest in ihrem Hause zu begehen.

»Gern will ich das!«, sprach Julius, ergriffen von Erinnerungen. »Nur geloben Sie mir auch dagegen, es mit Heiterkeit zu feiern, und Ihren Gram in den Strom der ewigen Liebe zu versenken welche diesen Tag vor allen zum Freudenfest weihte.« Mit einem schmerzlichen Lächeln versetzte sie: »Bald, teurer Julius, bald wird mich dieser Strom umfangen.«

26.

Zugleich mit Julien war auch Woldemar auf freien Fuß gestellt worden. Sie suchte ihn jetzt selbst in seiner Zelle heim und hörte nicht ungern, dass Herr von Wessen währenddem die Aufmerksamkeit der Wächter und Schildwachen getäuscht und sich aus dem Staube gemacht habe. Woldemar hielt der Lieblosen eine ausführliche Strafpredigt. Er riet ihr, sich nun ohne Zögern um Pässe zu bewerben und in die Arme ihrer Schwiegermutter zurückzukehren, wo die Verkündigung der Existenz des Sohnes, der vielleicht bereits auf dem Wege nach der Heimat sei, der verlorenen Tochter eine günstige Aufnahme verschaffen werde; sie aber setzte sich auf seinen Schoß und sprach:

»Da sei Gott für, dass ich einem Verrückten nachziehen sollte, dessen Hand mir ein unglückliches Verhältnis aufdrang; den die Erfahrung, dass es keine Rose ohne Dornen gebe, zu einem erklärten Widersacher machte und der über Verrat und Treulosigkeit schrie, wenn ich mich wohlwollender zu den geistreichen, teilnehmenden Freunden als an den Schöpfer der Pein und der Zwietracht hinneigte. Ich bin wie ich bin, guter Woldemar, und Liebe nur vermag die Flügel des flüchtigen Sinnes zu binden, der mich so oft schon durch den Himmel zur Hölle, und wieder empor trug. Wollte das Gemüt jeden wirklichen oder möglichen Unfall, das Herz jeden Schmerz und jede Verirrung nach Würden berechnen, betrauern und festhalten, so würde unser Auge vom Weinen erblinden, der Selbstmord ansteckender als der Schnupfen und die Schwermut der allgemeine Charakter des Menschengeschlechts werden. Wer in der Narbe noch die Wunde sieht, wird das Wundfieber nie verlieren, und nur der unnütze Rückblick auf vergangene Schrecken versteinerte Lots Ehehälfte. Ich bin vergnügt, das Leben aus dem

Sturme gerettet zu haben. Was er mir raubte, verschlingt der Lethe; er ist vergessen.«

»Sie lächelten wo Männer bebten«, entgegnete Woldemar, »und machten den Tiger zum sehnsüchtigen Kinde. Aber nicht alle sind zähmbar und unser Leben schwebt noch immer, nach wie vor, auf eines Haares Spitze.«

»So mög' es hinabfallen! Ist doch dieses Stündchen noch unser. Willst du lachen oder weinen? Ich will es auch. Die frühern Rechte geltend machen? Da sind meine Lippen. Küsse dich satt, treuloser Bräutigam, denn dass du hienieden noch lachen und weinen und küssen kannst, ist ja mein Werk. Ich habe dich erlöst von dem Übel; komm, bete mich an.« Errötend wendete er das Gesicht von ihr ab, doch Julie schlang den Arm um des Spröden Hals, strich das Haar aus seiner Stirn und gedachte jetzt der schlaflosen Nächte, die ihr die Narbe dieser Stirn gekostet hatte; gedachte der süßen, berauschenden Situationen auf der Wessenburg, der Blüten und der Früchte, die sie dort in den Kranz seines Lebens webte. Er aber wand sich aus dem Arm der Versucherin und sprach: »Bedauern Sie den albernen Toren, der nur das Achtungswerte lieben kann, doch Blumen, die für jeden blühn, wie die benagte Frucht verschmäht.«

Julie sah ihn mit blitzenden Augen und glühenden Wangen an. »Benagt? Verschmäht?«, fragte sie, schnell empört. »So bedaure denn auch das Geschlecht, das sich nie ungerächt verschmähen ließ.«

Ein Offizier unterbrach sie; er forderte den Gefangenen vor die Schranken des Ausschusses, um dort über seinen geflüchteten Unglücksgefährten Auskunft zu geben.

27.

Therese trat am Weihnachtsabend mit dem Kind auf ihrem Arm an Herminens Bett, und von des Kindes Arme sah ein Wachspüppchen auf die Mutter herab. »Das hat ihm der Heilige Christ beschert«, sprach die Schwester, »ich fand es unter deinen Papieren.« Hermine verhüllte plötzlich ihr Gesicht. Das war die Papagena, die ihr in jener Nacht sein Dasein verkündigte; das treue, prophetische Bild ihrer Zukunft, und jetzt gleich ihr verblichen. Ein Reihentanz verloschener Erinnerungen schwebte, von dem Püppchen belebt, an ihrer Seele vorüber. Sie gedachte des Überraschenden »Er ist dir nah!«, der bangen Betroffenheit, des süßen Schrecks, des magischen Schlages, mit dem der Inhalt des Notenblatts ihr Herz traf; der Tränen, die sie an dem seinen weinte, des himmlischen Wahnsinns, der aus des Lieblings Augen glänzte, von seinen Lippen floss, durch seine Nerven schauerte – gedachte der namenlosen, unendlichen Wonne, der, ach, der namenlose Jammer folgte, zog jetzt das Kind zusamt dem deutungsvollen Bild an ihre Brust und bedeckte sie beide mit Küssen und Tränen.

»Wenn ich bedenke«, fuhr sie gefasster fort, »wie vor dem Jahre alles so anders war! Der selige Onkel schenkte mir willkommene Dinge, drückte mich liebend an die Brust und nannte mich ein Herzenskind. O welch ein Wechsel!«

»Der Wechsel«, erwiderte Therese, »erhebt uns, indem er uns niederbeugt. Verklage dein Schicksal nicht. Wie glücklich ist der Traurige, dem noch die Freundschaft weinen hilft; o wie beneidenswert der Kranke, an dessen Bett die Liebe wacht. Sei gerecht und erheitere dich. Sieh, wir erschöpfen alles für diesen Zweck. Ist auch der Onkel tot, so soll es dir doch nicht an Gaben fehlen, wie dieser Tag sie mit sich bringt.«

»Herzliebste Schwester«, bat die Kranke, »habe Geduld mit mir!«

»Wie sollt ich nicht! Du guter Engel? Meine Wohltäterin, meine Schwester, meine Geliebte!« Damit küsste Sie tief bewegt Herminens Hand. Die junge Baronin unterbrach die Vertrauten. Ihre Jungfern trugen einen lichterreichen Tisch in das Zimmer und stellten ihn vor dem Bett der Freundin nieder.

Auguste schlug in ihre Hände. »Schaut auf«, rief sie aus, »der Heilige Christ ist da, lasst Euch bescheren.«

Die Kranke richtete sich lächelnd auf, lächelnd starrte ihr kleiner Woldemar die Lichter an.

»Fürs Erste«, sprach Auguste, »ein Hanswurst für den Kleinen. Ganz meines Mannes Ebenbild. – Und dann dies Jäckchen, das ich für ihn strickte, und für dich, Hermine, dies gestickte Morgenkleid. Bei jedem Stich dacht ich des süßen Lächelns, mit dem du es empfangen würdest. So lächle denn! Ich bitte dich.«

»Helft mir heraus«, bat Hermine, »ich muss es anprobieren.« Die Freundinnen sahen sich verwundert an, und erstaunten, als sie darauf bestand, über die Kraftäußerung, mit der die Kranke ganz im Widerspruch mit ihrer Schwäche dem Bett entschlüpfte und auf Theresen gestützt sich von Augusten bekleiden ließ. »Endlich und zuletzt«, sprach diese, »hab ich auch für ein Spitzenhäubchen gesorgt. O sieh, das lässt dir allerliebst.«

»Wenn sich der Reichtum erschöpft hat«, fiel jetzt Therese ein, »so tritt die Armut bescheiden und verschämt herbei und opfert ihr Schärflein. Verschmäh es nicht! Meine Haare sind es, in ein Halsband geflochten. Doch würde auch jedes einzelne zu einem Segen, sie würden dennoch nicht die Dankgefühle meines Herzens erschöpfen.« Hermine schlang es hastig um ihren Hals und ließ sich vor den Pfeilerspiegel führen. Lange betrachtete sich die Schweigende, und lispelte jetzt mit sinkender Stimme: »Die Braut im Sterbekleide!« Das Kind sah von dem Arm der Wärterin an der erhabenen Gestalt der Mutter auf. Sie ergriff es. »Hier«, sprach sie zu den Freundinnen und legt' es in ihre Hände, »hier habt ihr ein Gegengeschenk. Mein köstlichstes!« Ermattet wankte sie zum Sofa hin.

28.

Das Schicksal schien sich endlich an dem armen Gefangenen erschöpft zu haben. Ganz unverhofft erhielt Woldemar durch die Vermittlung eines Gesandten, dessen Gemahlin seinem Hause verwandt war, die Erlaubnis, auf sein Ehrenwort nach Deutschland zurückzukehren. Er eilte nicht, er flog über den Rhein nach der Wessenburg, wo man ihn denn an Ort und Stelle wies. Mitten in der Nacht dieses denkwürdigen Weihnachtsabends erreichte Woldemar das lang ersehnte Ziel. »Er ist dir nah!«, rief der Entzückte, sprang vom Pferde, sah die Fenster noch erleuchtet, die Tür unverschlossen und suchte jetzt, um nicht durch die Gewalt der Überraschung Unheil anzurichten, vergebens ein dienstbares Wesen auf. Da stürzte plötzlich eine verweinte Gestalt mit einem Kind in dem Arm aus der nächsten Tür hervor. Woldemar drängte sie zurück.

»Sie ist's!«, rief er, den Vorsatz vergessend, hingerissen von dem Zauberbilde der Erscheinung. »Du bist's! Das ist mein Kind!« Er warf sich zu des Mädchens Füßen.

»Unglücklicher!«, stammelte sie. »Ich bin es nicht! – Ich bin Therese!«

Woldemar sprang empor. »Aber Sie lebt! Sie ist hier!«, fiel er ein. »Wo? Wo find ich sie und *wie*?« – Das erweckte Kind schrie unter seinen Küssen. »Geben Sie die Hoffnung auf«, sprach Therese, »meine Schwester noch in dieser Nacht zu sehn. Hoch über der Wirklichkeit schwebt die Fantasie und das Bild, das jetzt vor Ihrer Seele steht, wird dem Originale schwerlich gleichen.«

»Ich weiß«, entgegnete er, »was sie gelitten hat und bin auf den Anblick eines Schattens gefasst, denn die alte Baronin verwundete mein Herz durch die Schilderung ihres Zustandes. Aber mein Hiersein wird Wunder tun und stände sie schon mit einem Fuß im Grabe, ich reiße die Verscheidende empor und hauche neues Leben in ihre Brust.«

»Ach, *einer* nur vermochte das und dieser einzige stieg gen Himmel.«

»Sie lebt! Sie liebt! Sie harrt auf mich. O eilen Sie, den Retter zu verkündigen, der alle Wunden heilen wird.«

»Ich fühle mich diesem Auftrage nicht gewachsen«, erwiderte Therese, »und gehe, den Baron zu holen. Hier ist Ihr Kind. Verfahren Sie säuberlich mit dem Kleinen.« Das Mädchen ging. Unter Schauern der Vaterwonne sah er in des Knaben Augen. Sie glichen den Augen seiner Mutter, die ihn so oft im Innersten bewegten. »Willkommen!«, sagten die Himmelreinen.

Jetzt regt' es sich im Nebenzimmer. Der Sehnsucht Wellen drängten ihn: Er trug das Kind in seine Wiege, schlich zu der Türe hin und öffnete sie, verstohlen, mit leiser Vorsicht. – Da lag Hermine, bräutlich angetan, in dem Sofa: Das Nachtlicht goss seinen bleichen Schimmer über die Schläferin aus.

»Mein Freund! Mein Woldemar!«, flüsterte in diesem Augenblick eine Stimme hinter ihm. Er fühlte sich mit starkem Arm zurückgezogen und lag am Herzen seines Julius.

»So reizend«, versetzte Woldemar nach den ersten Begrüßungen und wies nach der halb geöffneten Türe hin, »so magisch anziehend hab ich *sie* nie gesehn. O weckt sie auf! Erweckt die Schläferin zum neuen Leben.«

»Vermöcht ich das!«, sprach Julius mit zitternder, vom Schmerz erstickter Stimme.

»Du weinst?«, rief Woldemar. »Gott! Dein Gesicht entstellt der Schrecken –«

»Mir ist nicht wohl.«

»Nicht wohl? Und das wär' alles?«

»Mir bricht das Herz!«

»Um meinetwillen? Wie?«

»Sie schläft. Du sagst es selbst. – Wohl schläft sie sanft und süß – den langen Schlaf! Ein Engel nur kann sie erwecken.«

Woldemar starrte den Weinenden an und stürzte laut aufschreiend zu der Toten hin. Sie war noch lau, vor wenig Stunden hatte sie der Nervenschlag getroffen.

»Lichter, Lichter«, rief er, »dass ich sie sehe, dass dies Heiligenbild sich in mein Allerinnerstes versenke!«

Therese schlich, auf Trostmittel sinnend, herbei, Auguste rang die Hände. »Lasst ihn toben«, sagte Julius, »lasst ihn schrein!« Und zu dem Vergehenden sprach er: »Ist es nicht tröstlicher, das Kleinod unsers Lebens im Sarge als an dem Herzen eines Dritten zu finden?«

29.

Als Hermine von dem Spiegel, zu dem sie die letzte Anwandlung ihrer Weiblichkeit hinzog, auf das Sofa zurückschlich, riet ihr Auguste, die ungeübten Kräfte nicht über die Gebühr zu versuchen, und beide versprachen diese Gedächtnisnacht an ihrem Bette feiern zu wollen; die Kranke aber schien, von jener traurigen Apathie erlöst, sich wieder nach dem Irdischen zu sehnen, sich in dem edlen, idealen Gewande zu gefallen und zog mit reger Lebenskraft die Freundinnen an ihre Seite.

Der Arzt, welcher jetzt seinen Abendbesuch ablegte, erstaunte, Herminen außer dem Bett und in diesem Anzuge zu sehn, fand sie jedoch viel besser als am Morgen, ohne Fieber und in einer gemütlichen, ihm höchst erwünschten Stimmung. Auch der Pastor kam, ihr zu dem Wiegenfest des großen Dulders Glück zu wünschen, der jetzt ihr Tröster und ihr Vorbild war, erschrak nicht wenig, sie im Familienkreise zu finden und schöpfte, gleich dem Arzt, von ihrem Aussehn und Benehmen getäuscht, neue Hoffnungen.

Als aber bald darauf die Stunde schlug, in welcher sie vordem das Bild der Entflohenen in dem beschatteten Winkel des Zimmers sah, verfärbte sich mit einem Mal die Kranke, umfasste krampfhaft Theresens Hals, als sollte diese sie vor der gewaltigen Hand des Todes schützen, und sank entfesselt an die schwesterliche Brust. Freundschaft und Liebe bot vergebens alle Mittel zu ihrer Belebung auf; Freundschaft und Liebe drückte ihr endlich die sanften Augen zu und flocht ein Palmenreis in ihre Locken. Sie ward in jenem Sterbekleide, das ihr hienieden die größte Freude gemacht hatte, von den Jünglingen des Dorfs zu Grabe getragen, und als man den Sarg verschloss, sank Therese, welche bis dahin beide Männer durch ihre Fassung beschämt hatte, bewusstlos nieder und verfiel in eine Gefahr drohende Krankheit. Sie sah sich für die Quelle aller jener unseligen Verhängnisse, für die eigentliche Ursache des Todes ihrer Schwester an und würde ohne den mächtig erhebenden, trostreichen Beistand des Predigers in unheilbare Schwermut versunken sein.

30.

Wir wenden uns von diesen Trauerszenen, um die Leidtragenden in eine lichtere Zukunft zu begleiten. Außer dem bittern Gram über eine Reihe von Übereilungen hatte auch die Geschichte seiner Gefangennehmung, der Schmerz gekränkter Ehre Woldemars Herz zerrissen und das Bewusstsein der erschöpften Pflicht reichte nicht hin, eine Wunde dieser Gattung zu bedecken.

Julius begleitete ihn bald nach Herminens Totenfeier in die Hauptstadt. Er trat mit ruhigem, gefasstem Mut dem Groll der Falschen, dem Vorurteil der Täuschbaren, dem Verfolgungsgeist mächtiger Feinde entgegen, beschämte diese und drang auf ein Kriegsrecht, das ihn freisprach und belobte. Die eben erfolgte Auswechslung der Gefangenen überhob ihn der Rückkehr in die Nachbarschaft der Guillotine, welche seitdem die Frau von Wessen bereits ein Dutzend Mal zur Witwe gemacht hatte, und so kehrte denn Woldemar frei und versöhnt mit dem Schicksal auf Herminens Landgut zurück, das ihm der letzte Wille seiner verewigten Freundin zugeteilt hatte.

»Ihr kommt zur rechten Stunde!«, rief Auguste, die jetzt ihrer Nie-derkunft nahe war, den Freunden entgegen. »Wir dürfen keinen Tag länger säumen nach Wessenburg, in die Arme der verlangenden Mutter zu eilen, und doch ist der gute Rat hier eben sehr teuer. Therese kann, wie sich von selbst versteht, nicht bei dem ledigen Manne bleiben und doch keine von uns es über sich gewinnen, das teuere Weihnachtsge-schenk der Hand einer Wärterin zu überlassen.«

Julius dachte bereits auf einen Vorschlag zur Güte, und zu dem Hauptmann sprach Auguste: »Therese ist hergestellt.« – Er schwieg. – »Sie blüht wie diese Frühlingsblumen«, fuhr jene fort. »Verwaist und einsam steht sie auf der Welt, geziert mit Reiz und Seelengüte, der Schwester Ebenbild, die Erbin ihres Herzens und ihres Goldes. – Ge-nug«, versicherte sie mit steigendem Eifer, »ich lege mein Haupt nicht sanft, mich eher nicht ins Wochenbett, bis sie die Ihre ist.«

Woldemar aber vernahm kein Wort dieser Rede, denn alle Schrecken jener Nacht hatten sein verletzbares Herz beim Anblick dieses Zimmers überfallen. Er starrte das Sofa an, auf dem sie damals, lieblich ge-schmückt von einem Tanz erschöpft, zu ruhen schien und ihr lächeln-des Himmelsbild über diesem, mit Flor bekränzt, umschlungen mit Zypressenzweigen.

»Wo sind Sie?«, fragte die Baronin und weckte den Träumer, denn eben trat Therese mit seinem Kind auf ihrem Arm ins Zimmer. Er fuhr empor, schritt auf sie zu und riss das holde Ebenbild der Toten mit einem Klageton ans Herz.

Therese wurde rot. »Gelobt sei der Genius«, rief er aus, »der mich durch diesen Zauberspiegel täuscht. Zur Hälfte nur hab ich die teuere Braut verloren. Die schönere Hälfte lebt in diesen Zügen, sie lebt in diesem Herzen, und ach, in diesem Kinde fort.«

»Zerbrich dir den Kopf nicht länger«, flüsterte Auguste in des Gatten Ohr, »es scheint, als wolle sich das Auskunftsmittel ganz ohne unser Zutun finden.«

Therese hatte indes ihr glühendes Gesicht an des Knaben Brust verborgen. »Wo warst du denn?«, fragte die Freundin.

»An *ihrem* Grabe«, sprach Therese, »der Abend ist so schön und der Kirchhof mit Blüten bedeckt.«

»O führen sie mich hin!«, bat Woldemar. »Meine Augen werden diese Blüten betauen.«

»Herzlich gern«, erwiderte sie und winkte Augusten, ihr zu folgen, doch diese versagte lächelnd die Gewährung, hing sich an ihres Gatten Hals und hielt auch den zurück.

Der Gottesacker stieß an den Garten, eine Türe verband sie. Hoch über alle ragte das Grab seines Lieblings unter der Linde. Die Stimme der Schläferin schien aus dem Dunkel des sanft bewegten Laubes zu flüstern, ihr freundlicher Geist ihm in den wallenden Halmen des Hügels zu nicken.

»O ewige Liebe«, rief er aus, »nur hier kein Ende! Nur dort kein Grab!«

Inniger drückte Therese den Knaben ans Herz, sah tief bewegt in die sinkende Sonne und sagte: »So starb sie!«

Woldemars Stimme lockte die Seele der Sinnenden zu dem Grabe zurück. »Meine Zukunft«, sprach er, »soll eine fortwährende Totenfeier sein.«

»Am sichersten«, erwiderte sie, »wird ein reines, sittlich schönes Leben diesen heiligen Schatten versöhnen.«

»Wer leitet mich zur ebenen Bahn?«, fragte der Weinende. Therese antwortete: »Das Schicksal der Dulderin!«

Woldemar sah ihr ins Auge. Wehmut und Sehnsucht, Anmut und Liebe begegneten sich im stummen Wechselspiel der Blicke. »Hermine«, sprach er, »starb an deinem Herzen. Lass mich an ihm genesen und diese Hand geleite mich!«

Therese drückte voll Innigkeit die seine, und wie im letzten Augenblick Hermine sie umfing, so umfing jetzt Woldemar die Braut auf ihrem Grabe.